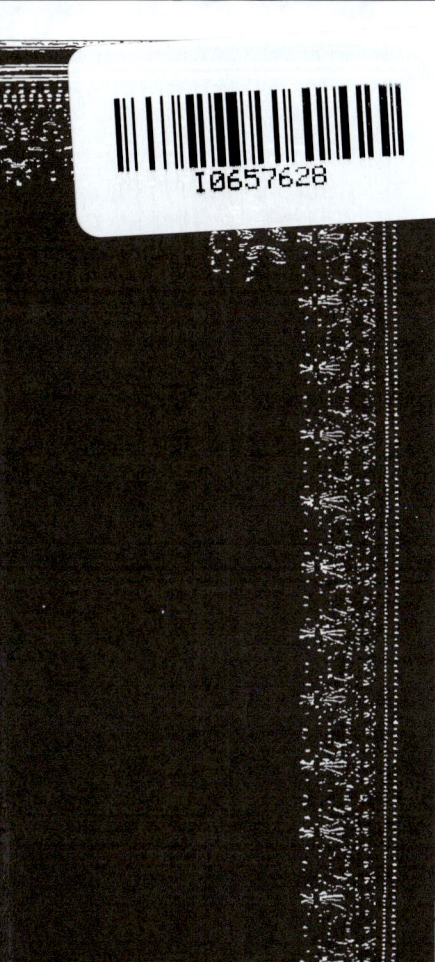

I0657628

Réserve
p. Y²
1014

OLLIVIER,

POËME.

TOME SECOND.

OLLIVIER,

POËME.

PAR CAZOTTE.

TOME SECOND.

A PARIS,

DE L'IMPRIMERIE

DE PIERRE DIDOT L'AÎNÉ.

AN VI. 1798.

DON
184.250
67

OLLIVIER,
POËME.

BIBLIOTHÈQUE NATIONALE R.F. ESTAMPES

CHANT VII.

La blonde Fleur-de-Myrte, tremblante au premier moment de sa fuite, se rassure dès qu'elle voit la barque s'éloigner de l'isle des Mélologues à l'aide d'un vent favorable. Bientôt le calme renaît dans les esprits. L'agitation, les craintes, avoient, depuis quelques jours, écarté le repos ; peu-à-peu les paupieres se chargent, elles se ferment ; et, malgré les incommodités du lieu et de la situation, un sommeil doux et paisible s'empare de tous les sens de notre voyageuse.

Cependant son conducteur, quoique très éveillé, faisoit le plus agréable rêve, et se livroit aux illusions d'une espérance très flatteuse. Il se croit possesseur d'une beauté rare, la fait maîtresse de son cœur ; et suivant la cupidité naturelle aux ames qui manquent d'élévation, il songe aux moyens de la rendre utile à sa fortune.

Voici comme raisonnoit le musicien : Cette belle a un maintien qui en impose... On se targue d'une haute naissance ; mais on se tait sur tout le reste... Ah ! cela sent l'aventure.... L'éducation paroît avoir été soignée... Ne l'est-elle point trop à certains égards ?... J'ai été frappé de la vérité, de la facilité avec lesquelles elle rendoit les-différents sentiments que je lui faisois signe d'exprimer au souverain des Mélologues... Est-ce une

bourgeoise de qualité? Est-ce une
princesse de théâtre?... Perdrois-je au
change?... J'ai un projet; j'ai besoin
d'être secondé. J'ai d'excellents fa-
bliaux, nous les jouerons : ils sont peu
connus; j'en serai l'auteur... Il faut se
donner un nom... Le comte Julien...
Oui ! Julien, comte d'Hauterive ; il
est bon... Nous irons dans les cours :
nous nous insinuerons... Il faut com-
poser une fable pour exister hors de
chez soi avec une sorte de décence...
Oh ! je ne veux point de ces malheurs
extraordinaires ; on hait les malheureux... De ces disgraces qui intéres-
sent, qui remuent, mais qui laissent
de l'espoir après elles.... Une jalousie, une rivalité, un frere aîné
ambitieux... On attend des secours
d'un oncle puissant qui n'est point à
portée... Une nuance de plus ou de
moins ; nous avons du temps, tout cela

s'arrange... De la figure, de l'esprit,
des talents, de la naissance, de l'infortune : voilà bien des titres... Le
roi nous fait un accueil favorable : la
reine ne souffre pas que la comtesse
loge ailleurs qu'au palais... Il faudra
se faire aux petites jalousies : elles
sont une conséquence du mérite...
Voici deux intrigues qui s'arrangent... Je...

Zerbin eût beaucoup étendu son
projet ; mais un mouvement qui se
fit dans la barque, parcequ'il en
falloit changer les voiles, éveilla la
belle dormeuse. Son conducteur s'approche d'elle, lui prend la main et la
baise. Cette preuve de respect, qui
pouvoit être très équivoque, causa de
la surprise à Fleur-de-Myrte : elle té-
moigna quelque dépit ; mais Zerbin,
sans s'en appercevoir, entama la conversation suivante avec beaucoup de
liberté :

Graces au ciel, madame, je crois que vous pouvez vous applaudir d'une heureuse délivrance. J'ai exposé ma vie, je quitte une fortune honnête ; mais ces sacrifices seront trop payés, si vous voulez consentir que je meure votre esclave.

Pendant que Zerbin tenoit ce langage, un nuage, interceptant les rayons de la lune, empêchoit qu'on ne pût distinguer sur la physionomie de notre héroïne l'étrange effet causé par le discours qu'on lui adressoit.

Zerbin, interprétant le silence en sa faveur, prend une main, la serre. La belle crie, se dégage, et veut fuir ; mais ses cris n'ont ému personne ; le matelot fume, chante, et fait froidement la manœuvre. La fuite est impossible ; et le musicien, quoiqu'avec un air soumis, tient bon impitoyablement.

2. 2

Fleur-de-Myrte se rassied ; les larmes, le hoquet, les vapeurs, l'éva-
nouissement, se succedent presque
sans intervalle : Zerbin s'empresse,
tire un flacon, se donne tant de
soins, qu'à la fin notre héroïne revient à elle-même, et prend la parole d'un ton de voix bas, tremblant
et entrecoupé.

Éloigne-toi, monstre, ou je me
jette dans la mer ; sache que je ne
me pardonnerai jamais les familiarités
que tu viens de prendre avec moi.
Ne crois pas que tu puisses abuser du
malheur qui me livre entre tes mains.
La mort m'est moins odieuse qu'une
lâcheté dont tu serois l'objet, et elle
est mon rempart contre toutes tes
violences.

Zerbin étoit effronté ; cependant le
ton vrai de cette harangue le démon-
ta : mais comme il n'étoit pas homme

à abandonner facilement ses espérances, et qu'il étoit piqué du mépris
qu'on lui témoignoit, il crut devoir
prendre le ton cavalier pour attaquer
et se défendre.

Je vous avouerai, madame, que
n'ayant à me reprocher qu'une passion qui vous a fort utilement servie,
je ne pensois pas devoir être à vos
yeux un monstre : peut-être me fais-je
trop d'honneur en vous adressant mes
vœux ; mais en vous estimant tout ce
que vous valez, c'est-à-dire, infini-
ment, je ne vois pas que mes hom-
mages puissent vous révolter. Si j'a-
vois la fatuité naturelle à quelques
gens de mon état, dont la cervelle a
tourné pour quelque aventure, je
pourrois, pour m'excuser, citer des
témérités de ma part beaucoup moins
autorisées que celle-ci, et qui n'ont
pas toujours été malheureuses : je

dirois qu'il s'agit de savoir si un cœur
bien touché a le droit d'en émouvoir
un autre ; que d'ailleurs les talents
ennoblissent ceux qui les possedent,
et les approchent de tout le monde.

Fleur-de-Myrte, pendant ce discours, s'étoit un peu remise : ce n'é-
toit pas peu pour elle qu'une affaire
engagée par une action assez vive eût
tourné en pourparler.

Monsieur, reprit elle, je ne sais si
quelques femmes de mon état se sont
moins respectées qu'elles ne devoient
le faire ; en tout cas je les plains, et
ne crois pas que leur exemple pût me
servir d'excuse. A l'égard des services que vous m'avez rendus, ou-
bliez-en le motif, et vous pouvez
vous attendre à toute la reconnoissance dont je suis susceptible.

Madame, répondit Zerbin d'un air
timide, consterné, mais tendre, ac-

cablez-moi de mépris et de courroux ;
j'ai sans doute mérité l'un et l'autre :
mais ne m'ôtez pas l'espoir de mourir
en vous servant ; je ne prétends plus
à d'autre récompense. Un mouvement plus fort que ma raison m'a
sans doute transporté ; toute l'humi-
liation m'en reste : et cependant tels
sont les préjugés de votre sexe et du
mien, que vis-à-vis de toute autre personne une conduite plus retenue de
ma part eût été regardée comme une
offense impardonnable. Mais rassurez-vous, madame ; quelque désordre
qui trouble désormais mon cœur et
mes sens, vous ne connoîtrez que
vous régnez dans mon ame que par
l'excès de mon dévouement à vos
moindres volontés.

Le discours modeste de Zerbin ne
fut pas écouté sans embarras. Un
homme à la discrétion duquel on est

veut vous aimer et vous respecter
sans espérance : il est dangereux de
l'écouter, et fort difficile de le faire
taire.

Cependant le soleil commençant à
paroître sur l'horizon, l'équipage,
qui avoit besoin de nourriture, étala
sur le pont une partie des vivres dont
il s'étoit pourvu. Zerbin s'empresse
de choisir les moins grossiers, et les
offre à la belle, à qui l'abstinence des
jours précédents les fit paroître moins
désagréables. On mange. Fleur-de-
Myrte et son écuyer gardoient le silence. L'équipage, occupé du desir
et de l'espérance d'un salut prochain,
s'entretenoit de propos conformes à
son état et à la circonstance. Le repas
fini, Zerbin propose à la dame de
lui lire, pour la désennuyer, une
petite fable qu'il avoit sur lui, et
qu'il donnoit pour un fruit de son

travail. Il en reçut la permission, et
commença ainsi sa lecture.

Aventure du pélerin.

« Un roi de Naples (il s'appeloit
« Roger), étant à la chasse, s'écarta
« de sa suite et s'égara dans une
« forêt. Il y fit rencontre d'un pé-
« lerin, homme d'assez bonne mine,
« qui, ne le connoissant point pour
« ce qu'il étoit, l'aborde avec liberté,
« et lui demande le chemin de Naples.

« Compagnon, lui répond le roi,
« il faut que vous veniez de loin ; car
« vous avez le pied bien poudreux.

« Il n'est cependant pas, répondit
« le pélerin, couvert de toute la pous-
« siere qu'il a fait voler.

« Vous avez dû voir, poursuivit
« Roger, et apprendre bien des choses
« dans vos voyages ?

« J'ai vu, repartit le pélerin, beau-
« coup de gens qui s'inquiétoient de
« peu. J'ai appris à ne me pas rebu-
« ter d'un premier refus. Je vous
« prie donc encore de vouloir m'en-
« seigner la route qu'il faut que je
« prenne ; car la nuit vient, et je dois
« penser à mon gîte.

    « Connoissez-vous quelqu'un à Na-
« ples ? demanda le roi. Non, ré-
« pondit le pélerin. Vous n'êtes donc
« pas sûr, poursuivit le roi, d'y
« être bien reçu ? Au moins suis-je
« sûr, dit le pélerin, de pardonner
« le mauvais accueil à ceux qui me
« l'auront fait sans me connoître.
« Mais la nuit vient, où est le che-
« min de Naples ?

    « Si je suis égaré comme vous, dit
« Roger, comment pourrai-je vous
« l'indiquer ? Le mieux est que nous
« le cherchions de compagnie.

« Cela seroit à merveille, dit le
« pélerin, si vous n'étiez pas à che-
« val ; mais je retarderois trop votre
« marche, ou vous presseriez trop la
« mienne.

« Vous avez raison, dit Roger ; il
« faut que tout soit égal entre nous,
« puisque nous courons même for-
« tune. Sur ce propos il descend de
« cheval, et le voilà côte à côte avec
« le pélerin. Devineriez-vous avec
« qui vous êtes ? dit-il à son compa-
« gnon.

« A-peu-près, répondit celui-ci ;
« je vois bien que je suis avec un
« homme.

« Mais, insista Roger, pensez-
« vous être en sûreté en ma com-
« pagnie ?

« J'attends tout des honnêtes gens,
« reprit le pélerin, et suis sans ap-
« préhension des voleurs.

« Croiriez-vous, ajouta Roger, que
« vous êtes avec le roi de Naples?

« J'en ai de la joie, reprit le péle-
« rin; je ne crains pas les rois; ce ne
« sont pas eux qui nous font du mal.
« Mais, puisque vous l'êtes, je vous
« félicite de m'avoir rencontré. Je suis
« peut-être le premier homme qui se
« soit montré devant vous à visage
« découvert.

« Eh bien! dit le roi, il ne faut pas
« que je sois le seul qui tire avantage
« de notre entrevue : suivez-moi, je
« ferai quelque chose pour votre for-
« tune.

« Elle est faite, sire, répondit le
« pélerin. Je la porte avec moi. J'ai
« là, dit-il en montrant son bourdon
« et sa besace, deux bons amis qui
« ne me laisseront manquer de rien.
« Je souhaite que vous trouviez dans
« la possession de votre couronne

« toute la satisfaction que je goûte
« avec eux.

« Vous êtes donc heureux ? dit
« Roger. Si l'homme peut l'être, ré-
« pondit le pélerin : en tout cas , j'ai
« fait un vœu ; c'est de m'aller pen-
« dre, si j'en trouve un plus heureux
« que moi.

« Mais , dit le roi, comment se
« peut-il que vous viviez content de
« votre sort, ayant besoin de tout le
« monde ?

« Serois-je plus heureux , dit le
« pélerin, si tout le monde avoit be-
« soin de moi ?

« Allez vous pendre, reprit Roger ;
« car je pense être plus heureux que
« vous.

« Si ce mal devoit m'arriver, ré-
« pliqua le pélerin, je croyois que
« quelque faquin plus désœuvré que
« moi dût me porter le coup. Je ne

« l'attendois pas de la part dont il
« me vient. Mais comme le pas est
« dûr à franchir, je pense qu'avant
« tout il seroit bon que nous comp-
« tassions ensemble.

« Cela sera bientôt fait, dit Roger.
« J'ai en abondance les commodités
« de la vie. Quand je voyage, je le
« fais à mon aise, comme vous le
« pouvez voir ; car je suis bien monté,
« et j'ai dans mes écuries trois cents
« chevaux qui valent au moins celui-
« ci ; retourné-je à Naples, je suis
« sûr d'être parfaitement reçu.

« Je ne ferai qu'une question, dit
« le pélerin. Jouissez-vous de tous
« ces biens avec une sorte de viva-
« cité ? Seriez-vous sans affaires, sans
« ambition, sans inquiétude ?

« Vous en demandez trop, péle-
« rin, reprit Roger. Votre majesté
« me pardonnera, dit le pélerin ;

« mais comme l'affaire doit avoir des
« suites très sérieuses pour moi, je
« dois tout faire entrer en ligne de
« compte. Voici le mien.

« J'ai fait un honnête exercice :
« j'ai grand appétit, et souperai fort
« bien de tout ce qui se trouvera :
« ensuite je dormirai d'un très bon
« somme jusqu'au matin. Je me le-
« verai frais et dispos : j'irai par-tout
« où me porteront la curiosité, la
« dévotion, ou la fantaisie. Après-
« demain, si Naples m'ennuie, le
« reste du monde est à moi. Con-
« venez, sire, que, si je perds contre
« vous, je perds à beau jeu.

« Pélerin, dit le monarque, je
« m'apperçois que vous n'êtes pas
« las de vivre, et vous avez raison.
« Je me tiens pour vaincu; mais,
« pour prix de l'aveu que je fais,
« j'exige que vous soyez mon hôte

2. 3

« pendant le séjour que vous ferez à
« Naples.

« Je m'en garderai bien, sire; ré-
« pliqua le pélerin ; non que je me
« croie indigne de l'honneur que
« vous voulez me faire : vous nous
« exposeriez tous deux aux discours
« malins de vos courtisans. Pendant
« qu'ils applaudiroient, en appa-
« rence, à votre charité, qu'ils af-
« fecteroient de me faire un accueil
« obligeant, on demanderoit tout bas
« où vous avez ramassé cet étranger,
« ce vagabond ; ce que vous en pré-
« tendez faire ; quels talents, quel
« mérite vous lui supposez. On vous
« taxeroit de trop de confiance, de
« légèreté, même de quelque chose
« de pis.

« Et où le pélerin, repartit Roger,
« a-t-il appris à connoître la cour ?
« Je suis né, repartit le pélerin,

« commensal d'un palais ; et, quoi-
« que je pusse y vivre fort à mon
« aise, je me lassai bientôt d'y en-
« tendre parler fort mal d'un très
« bon maître qu'on ne cessoit de flat-
« ter en public, de voir qu'on ne
« cherchoit qu'à le tromper, et de
« vivre enfin avec des gens qui n'a-
« voient rien de haut que l'extérieur :
« je m'éloignai bien vite pour aller
« chercher ailleurs du naturel, des
« sentiments, de la franchise, de la
« liberté. Depuis ce temps je cours le
« monde.

« Et vous pensez, dit le monar-
« que, que toutes les cours se res-
« semblent ?

« C'est, reprit le pélerin, le même
« esprit qui les gouverne.

« Vous avez donc, poursuivit le
« roi, bien mauvaise opinion de ceux
« qui nous approchent?...

« Vous seriez de mon avis, sire,
« s'ils se montroient à vous au na-
« turel. Mais ils sont sur leurs gardes
« à cet égard, et auroient de belles
« craintes, s'ils pensoient que vous
« pussiez lire dans leur ame. Je veux,
« à ce sujet, vous fournir un moyen
« de vous divertir à leurs dépens.
« Ce moyen n'est pas bien étrange,
« et ne demande qu'un peu de mys-
« tere. Là-dessus le pélerin développe
« son projet.

« Cependant le bruit des cors et
« des chiens annonçant que les équi-
« pages de Roger alloient bientôt le
« rejoindre, l'étranger se sépare de
« lui pour n'être pas apperçu, tandis
« que le prince monte à cheval, et
« pique des deux pour aller au de-
« vant de la chasse.

« Le lendemain le pélerin se pré-
« sente devant le monarque avec un

« placet ; le roi reçoit le placet sans
« affectation, et, comme s'il eût mé-
« connu l'homme, témoigne d'abord
« quelque surprise, puis ordonne que
« l'on amene cet étranger au palais,
« lui donne une audience de deux
« heures dans son cabinet, et sort de
« cette audience d'un air rêveur, em-
« barrassé, capable d'intriguer tous
« les spéculatifs de la cour.

« Les gens qui n'étoient là que
« pour le cortege, ou pour grossir la
« foule, n'osoient témoigner leur cu-
« riosité ; mais le ministre, la maî-
« tresse, le favori, ceux enfin qui
« avoient part à la confiance, hasar-
« derent bientôt des questions.

« Cet homme, dit le prince à son
« ministre qui lui en parla le premier,
« est bien extraordinaire, et possede
« des secrets surnaturels ; il m'a dit et
« m'a fait voir des choses étranges.

3.

« Voyez le présent qu'il m'a fait. Ce
« miroir, qui semble très commun,
« représente d'abord les objets au na-
« turel ; mais, par le secours de deux
« mots chaldéens, l'homme qui s'y
« regarde s'y voit tel qu'il auroit fan-
« taisie d'être. En un mot, ces sou-
« haits, ces imaginations, ces rêves
« que les passions nous font faire
« en veillant, viennent s'y réaliser.
« J'en ai fait l'expérience ; et croi-
« riez-vous que je me suis vu sur le
« trône de Constantinople, ayant mes
« rivaux pour courtisans, et mes en-
« nemis à mes pieds? Mais le récit
« ne donne qu'une idée imparfaite
« de la chose : il faut que vous la
« voyiez vous-même, et vous ne
« pourrez revenir de votre surprise.

« Dispensez-m'en, sire, reprit le
« ministre d'un ton froid et grave
« qui déguisoit assez bien son em-

« barras. Ce pélerin ne peut être
« qu'un dangereux magicien : je re-
« garde son miroir comme une in-
« vention diabolique, et les paroles
« qu'on a enseignées à votre majesté
« sont sûrement sacrileges. Je m'é-
« tonne que, pieuse comme elle est,
« elle n'ait pas conçu d'horreur pour
« une aussi damnable invention.

« Roger ne crut pas devoir insister
« davantage auprès de son ministre,
« et essaya de présenter le miroir
« à la maîtresse et au favori. La
« premiere feignit de s'évanouir de
« frayeur : l'autre répondit : Ayant
« les bonnes graces de votre ma-
« jesté, je suis tel que je desire d'être,
« et ne veux rien voir au-delà.

« Roger tenta vainement de faire
« ailleurs l'essai de son miroir ; il
« éprouva par-tout les mêmes refus.
« Les consciences s'étoient révoltées :

« il faut, disoit-on, brûler le pélerin
« et son miroir.

« Le roi, voyant que la chose pre-
« noit un tour assez sérieux pour
« qu'on lui en fît parler par les per-
« sonnes autorisées, fit appeler le
« pélerin à son audience publique.
« Vous n'êtes pas sorcier, lui dit-il,
« pélerin ; mais vous connoissez le
« monde. Vous avez parié que je ne
« trouverois personne à ma cour qui
« voulût se montrer à moi tel qu'il
« est, et vous avez gagné votre ga-
« geure. Reprenez votre miroir : vous
« l'aviez acheté dans une boutique de
« Naples, et il nous a très bien servi
« pour les deux carolus qu'il vous a
« coûté. »

On en étoit là de l'histoire du pélerin, et je pense que c'en étoit à-peu-
près la conclusion, lorsqu'au cri d'un
matelot qui étoit au haut du mât,

un transport de joie saisit l'équipage.
On a vu la terre : on se la montre ;
c'est ce point fixe que vous voyez à
l'horizon. On tremble qu'un vent ne
s'éleve et ne dissipe l'objet sur lequel
toutes les espérances se fondent,
comme les nuages inconstants dont
on lui trouve l'apparence. Cependant ce point de vue, presque imper-
ceptible, commence à prendre de
l'étendue. Éclairé vivement par les
rayons du soleil, le mêlange de l'ombre et des lumieres le fait étinceler
d'or et d'azur. Encore un moment,
et les objets qu'il rassemble vont se
présenter dans la forme et sous les
couleurs qui leur sont naturelles.
Les plaines s'abaissent devant les cô-
teaux couronnés de nuages; l'émail
des prairies éclate de toutes parts ;
la forêt se détache du vallon qu'elle
favorise de son ombre; le palmier,

le cyprès, le sapin orgueilleux, s'é-
levent sur leurs tiges, et semblent
porter jusqu'au ciel leurs chevelures
agitées par les vents. Bientôt le rapport uniforme des sens va confirmer
que l'on touche de près au but où
tous les vœux de nos voyageurs aspirent : déja le myrte et le citron-
nier qui fleurissent s'annoncent par
les plus doux parfums ; tandis que
l'air, mollement ému, porte à l'o-
reille le bruit de la vague qui s'étale,
se joue, se replie, et vient, en on-
doyant, mourir entre les petits cailloux qui bordent le rivage.

Enfin une anse, que deux mon-
ticules avancées dans la mer prote-
gent contre la fureur des vents de
sud et de Libye, va recevoir la nef
dans son sein tranquille, assez profond, et qu'un sable couleur d'ar-
gent environne de toutes parts.

Comme la barque est sans esquif, il faut pour descendre sur la plage traverser en nageant quelques brasses d'eau. Fleur-de-Myrte seroit embarrassée sans le secours de son adroit écuyer ; elle l'accepte, et les voilà sur le sable, ayant pour tout équipage le luth de Zerbin, le seul meuble qui composât sa fortune.

On cherche un arbre, un rocher, pour se mettre à couvert de l'ardeur du soleil ; tandis que les matelots se répandent dans la campagne pour y prendre des lumieres sur la nature du pays où le hasard vient de les faire aborder. Mais ils ne voient rien qui leur indique que le pays soit habité. La terre qu'ils parcourent offre de tous côtés des plaines, des bocages, qui ne doivent leur richesse qu'à la nature. On n'y distingue nulle part l'effort laborieux de la charrue,

ou le taillant de la serpe et du ciseau.
Le faon qui paît dans la campagne,
l'oiseau qui se joue entre les feuil-
lages, se laissent approcher sans défiance : seuls habitants, en apparence, de ces retraites paisibles, ils
n'ont point encore connu d'ennemis ; ils ignorent également le danger des filets et des réseaux, les
atteintes mortelles de la fleche ou de
l'épieu.

Il s'agissoit de trouver un asyle
pour la nuit. L'amante d'Enguerrand, appuyée sur le bras de son
libérateur, s'achemine vers un bos-
quet éloigné d'un demi-mille du
bord de la mer. Le couvert en est
épais, et pourra la garantir du se-
rein. On y trouve des tapis de gazons et de fleurs sur les bords d'une
eau fraîche et crystalline : et, si
l'appétit venoit à se réveiller, on

Dessiné par Lefebvre. Gravé par Godefroy

n'a qu'à cueillir autour de soi ; la branche, accablée sous le poids de l'orange, de la grenade et du citron doux, se courbe, et semble chercher la main qui voudra la soulager.

Mais on a déja saisi toutes les commodités de ce séjour. La belle est arrangée. Un repas digne de la frugalité du premier âge se prépare, on le dévore. La faim commence à s'appaiser. Cependant les fruits, tout savoureux qu'ils sont, irritent la soif ; il faut la satisfaire. Fleur-de-Myrte se penche pour ramasser de l'eau dans sa main. Le lit du ruisseau, trop creusé par la pente, rend les efforts de la belle inutiles ; elle se fatigue, et ne peut parvenir à mouiller le bord de ses levres altérées.

Alors Zerbin (l'amour et l'indus-

trie font usage de tout) prend son
luth, ce luth qu'il estimoit unique
en son espece, en brise la table, le
nettoie dans le sable, le remplit
d'eau, le présente; on boit, et la
coupe d'invention nouvelle semble
prêter des charmes au breuvage.

Tandis que la collation s'achevoit,
la nuit survint, et l'air changea sen-
siblement de température. Le vent
se leva plus frais et plus fort; l'arbre
au pied duquel Fleur-de-Myrte étoit
assise la garantissoit foiblement. Elle
se plaint. Zerbin s'approche timide-
ment sans doute, mais de très près;
il ose même la serrer dans ses bras;
elle s'en étonne : mais, un moment
après, elle a une tout autre surprise ; c'est de se trouver sans colere.

Elle n'étoit peut-être pas encore
à la fin de ses découvertes, lors-

qu'un accident auquel on ne devoit
pas s'attendre vint tout-à-coup la
tirer d'affaire.

CHANT VIII.

Nous avons laissé Enguerrand et
Barin à la porte d'une hôtellerie;
l'amant de Fleur-de-Myrte, la visiere haute, s'y est retiré dans une
chambre écartée. L'écuyer entre dans
la salle de l'auberge, et s'assied à la
table ronde : la compagnie est nom-
breuse ; et l'hôte, homme se croyant
fort capable, y tient le dé.

Au diable, dit-il, les Sarrasins qui
font courir les champs à notre noblesse ! Passe encore pour le fils de
madame la comtesse : celui-là peut
bien aller outre mer, nous n'irons
pas après lui.

Il vint l'an passé chasser autour
de notre grange, et tua notre chien.
Jean, qui voyoit cela, et qui a le

cœur bon, se prit à pleurer. Monsieur Inare lui tape un soufflet, que
le pauvre enfant en eut la joue plus
grosse que je n'ai la tête. Ne dit-on
pas qu'il est allé se terrer je ne
sais où, et qu'il a fallu le fouiller
comme un blaireau ? Il couroit en
enragé le galant de madame Agnès,
il a trouvé chape-chûte, et n'a pas eu
l'esprit de se tordre le cou. À propos, notre valet, qui revient de la
ville, dit qu'elle est morte d'une suite
de couches : on l'aura chagrinée.
C'est grand'pitié ; nous l'aimions
comme nos entrailles. Qui est-ce
qui auroit cru qu'elle se seroit dé-
bauchée ? Après tout, le galant en
valoit bien la peine; que ne la lui
bailloit-on ? C'est mon avis. Nous
n'avons, dieu merci, qu'une fille.
Cela n'est pas plus haut qu'une pinte,
et cela jase déja comme une pie. Elle

en fera de bonnes; car elle a de qui
tenir. Que quelqu'un me l'affronte,
et l'on verra qui demeurera le sot.

Julienne et moi, nous nous mîmes dans le cas. Monsieur le curé
fit son devoir; voyez s'il y paroît aujourd'hui. La voilà qui fait la sainte
sucrée tout comme une autre, et si
cependant la poire étoit bien mûre...
Tu ris du bout des dents, mijaurée!
Allons, monsieur le soldat (ceci s'a-
dressoit à Barin), ne la regardez pas
tant, vous nous la rendrez effrontée.
Il nous en coûte cher à nous autres
pour vous faire porter des plumets;
vous nous faites porter des panaches,
et vous ne baillez rien pour cela : le
tour n'est pas catholique; et si pour-
tant vous avez là une belle croix
sur l'estomac. N'y a-t-il donc qu'à
se croiser? nous aurions pris parti
comme tant d'autres : et regardez-

moi cette flamberge qui pend là,
elle vous auroit fendu un mécréant
comme un navet; mais il falloit laisser ici notre Julienne, et je crois que
pour mon salut cette croix-ci en vaut
bien une autre. Qu'en dites-vous,
monsieur le soldat? Vous êtes ici en
recrue, apparemment, avec ce beau
gendarme qui ne nous a montré que
sa mine de fer? Ne vous en allez
pas sans étrenner. S'il ne vous faut
qu'un bélître, voilà le compere Thi-
baud qui tireroit dans une maille.
Çà, buvons au roi Philippe. On dit
que là-bas il leur partage la tête jusqu'au gésier, pour leur apprendre
à renier Dieu. Cela les convertira
mieux que tous les sermons. Je voudrois qu'ils eussent déja tous les os
secs; car j'ai fait vœu d'aller au saint
sépulcre quand il n'y aura plus de
ces canailles-là tout alentour. Mais

pour revenir à notre maître, il auroit dù laisser aller devant les plus
pressés, il auroit toujours trouvé de
la besogne de reste. Madame va bien
se démener pendant qu'elle a les
coudées franches. On dit qu'elle a
fait arrêter tous ceux qui ont. eu
part à la manigance, et qu'elle les
fera pendre sans distinction d'hommes
ni de femmes. Dieu l'assiste comme
elle fait bien! D'un autre côté, le
grand-cousin de madame Agnès a fait
des siennes : il étoit bon ami de l'en-
jolleur; ils s'appeloient freres : mais
quand on en est sur l'honneur, il n'y
a rien qui serve; ils se sont rencon-
trés devers Blois; ils ont dégaîné, et
je ne voudrois pas payer pour le
mieux portant des deux. Beau mi-
racle, quand des joueurs de cette
force-là se touchent! Ma foi, c'est
dommage ; cela faisoit deux braves

seigneurs. Point de fierté ; cela vous frappoit dans la main ni plus ni moins qu'un bourgeois, et cela vous y laissoit un écu. En voilà un qui ne fera plus de romances. Ah ! Julienne, chante-nous celle-là que tu sais de lui, qui est si belle : je n'y entends rien, et si cela me fait pleurer comme un veau. Pour l'autre, j'y ai encore plus de regret. Il étoit droit comme un jonc : une physionomie ! quand il parloit, vous auriez dit d'être ensorcelé, et cependant ce n'étoit jamais que de bonnes paroles. Et puis, c'est qu'il étoit si bon ! L'automne derniere j'allois à la foire à Marmoutier : il passoit avec son monde ; il faisoit un chemin du diable ; enfin ma voiture en avoit pardessus l'aissieu : est-ce qu'il ne la fit pas relever ! Je vis le moment qu'il y mettroit la main lui-même.

Je ne savois où me fourrer, tant j'étois honteux ; encore disoit-il qu'il étoit trop heureux de me rendre service. A moi, qui ne suis qu'un paysan ! Jarniguienne, s'il n'étoit pas mort, je baillerois tout mon sang pour lui. Écoutez-nous bien, monsieur le soldat, nous avons le cœur sur la main. Que madame la comtesse nous fasse pendre, si elle le veut, avec tant d'autres : mais nous aimerons toujours notre maître, qui est un bon prince ; sa défunte fille, qui tenoit de lui, encore qu'elle eût fait faute ; et morguienne jusqu'à celui qui lui a fait tort, car il ne l'auroit pas trompée ; il eût tout raccommodé, si on l'eût laissé faire. Ce sont là de nos gens : que le diable emporte le reste !

Ainsi finit le colloque historique et goguenard que le maître de l'hô-

tellerie faisoit avec lui-même. Le
cœur de Barin lui bat, les pieds lui
brûlent : il court avec précipitation
trouver son maître. Ah ! monsieur,
dit-il la larme à l'œil, elle est morte :
c'est le bruit de la ville.

Comment! dit Enguerrand, elle
est morte! et de qui voulez-vous
parler ? D'Agnès, répondit Barin :
et sur-le-champ il fait le récit de
tout ce qu'il vient d'entendre dire à
l'hôte.

Ce malheureux bruit, dit Enguerrand, n'a que trop de vraisemblance. Je ne conçois rien à l'aventure d'Inare ; mais je vois que le
public est incertain du sort d'Ollivier, et qu'il n'a rien pénétré des
motifs qui m'ont fait mettre en campagne : cependant je crains tout par
rapport à Fleur-de-Myrte et à moi-
même. Je sais combien la comtesse

est vindicative, dissimulée, et jusqu'où la haine et le ressentiment peuvent la conduire. Partez, Barin ;
voyez-la de ma part : dites-lui qu'une
chûte de cheval, dont je ressens encore l'incommodité, m'empêche de
me rendre sur-le-champ auprès d'elle.
Faites cependant tout préparer à l'hô-
tel pour mon prochain retour, et
tâchez, dans l'intervalle, de voir
l'amie d'Agnès, si cela vous est possible, et de vous faire instruire de
tout ce qui les concerne l'une et l'autre ; observez la physionomie des
confidents de Frédégilde, et vous
viendrez me rejoindre avec un écuyer
et un de mes meilleurs chevaux de
main. Voilà Barin sur le chemin de
Tours.

Quatre jours s'étoient écoulés depuis le départ de l'écuyer, quand le
maître, qui se tourmente et s'ennuie

dans le lit, où une feinte indispo-
sition le retient, pour faire treve avec
ses inquiétudes s'avise, quoiqu'un peu
tard, d'avoir recours au talent qu'il
a pour la composition. Il va faire une
romance.

Le sujet s'arrange en un moment :
on a déja trouvé le premier vers; et
on observera que l'air et les paroles
se faisoient ensemble. Enguerrand
chante :

Avez-vous vu la belle Theudelinde ?

Après cet effort, il s'arrête. Peut-
être la difficulté de la rime, peut-être
le défaut d'un arrangement assez heureux, lui étoient-ils un obstacle. Il
répete encore :

Avez-vous vu la belle Theudelinde ?

Il en restoit encore là. Il accuse la
paresse de son imagination; et, pour
la réchauffer, il chante encore son

premier vers sur un ton plus haut,
une, deux, trois, quatre, que dis-je?
plus de vingt fois, et à très courts
intervalles.

Le maître de l'auberge étoit dans
la cour. Il démêle confusément ce
bruit. Julienne, dit-il à sa femme,
va à la chambre de ce monsieur
qui est là-haut; je pense qu'il appelle.

Julienne monte: elle prête l'oreille
à la serrure : elle entend demander, à plusieurs reprises, des nouvelles de la belle Theudelinde. Ce
n'étoit pas absolument un cri; ce n'é-
toit pas du chant bien marqué. Julienne s'aventure : elle ouvre la porte.
Voulez-vous quelque chose, monsieur? dit-elle. Non ! non ! non !
lui repart le chevalier, du fond de
ses rideaux ; qu'on me laisse en
repos.

Julienne s'en va. Bertrand, dit-elle
à son mari, ce monsieur est plus
malade qu'on ne croit; le frater doit
venir aujourd'hui panser la jument
borgne, faisons-lui faire d'une pierre
deux coups.

Cette conversation prenoit fin quand
Barin arriva. L'hôtesse, avec un peu
de ménagement, lui raconte ce qu'elle
vient d'entendre. Barin va trouver
son maître. Monsieur, lui dit-il,
qu'est-ce qu'une dame Theudelinde? — C'est une ancienne reine des
Goths. — L'hôte et sa femme disent
que vous n'avez qu'un cri après elle. —
Ce sont des imbécilles, reprit le
paladin. Mais vous, qu'avez-vous
fait? et qui peut avoir occasionné
votre retard?

Vous serez mécontent, monsieur;
je reviens seul, et n'ai que très peu
de choses à vous dire, quoique j'aie

fait de mon mieux pour bien em-
ployer mon temps.

Madame la comtesse dit qu'elle
est fâchée de votre accident ; elle
vous auroit envoyé un chirurgien ;
mais toute la médecine est allée au
secours du comte Inare, qui s'est
rompu le cou, je ne sais où ni comment. D'Agnès et d'Ollivier, pas
un mot. Strigée et quelques autres
domestiques sont en prison, sans
que l'on sache ce que l'on en veut
faire. On pensoit que dès les premiers jours vous eussiez rejoint monseigneur, qui chemine à la hâte
vers la Provence. Vos équipages ont
suivi. Mais ce qui va vous sur-
prendre et vous fâcher peut-être,
madame Fleur-de-Myrte est dispa-
rue de Tours peu après que vous
en êtes sorti. Elle a dit en secret à
un de ses gens qu'elle se retiroit à

Poitiers dans une communauté religieuse.

Ô ciel ! dit le chevalier en se levant avec précipitation sur son séant, me faudra-t-il perdre en un jour ma parente, ma maîtresse, et mon ami !

Il n'attendit pas davantage ; il ferme précipitamment ses tablettes, sort du lit, s'habille, s'arme ; le voilà sur la route de Poitiers ; le voilà rendu dans la ville.

Il va de parloir en parloir, espérant toujours, mais en vain, de découvrir le monastere qui sert de retraite à l'objet de ses vœux. Il s'avise enfin de penser que la belle, craignant d'être inquiétée dans sa route, aura voulu donner le change sur le véritable parti qu'elle prenoit ; que les démarches qu'il fait sont inutiles ; qu'il est temps, s'il veut con-

5.

sulter l'honneur, qu'il se rende sous
les drapeaux de Sigismond, toute
autre démarche de sa part pouvant
être mal expliquée. Il monte à cheval, et prend à la hâte le chemin de
la Provence.

Vers le milieu d'un jour il traversoit une petite bourgade du Limousin. Elle étoit bâtie en amphithéâtre
sur le penchant d'un côteau. Les regards, arrêtés par différents rideaux
que formoient des bosquets et des
collines à des distances inégales, s'é-
garoient agréablement sur des points
de vue champêtres, dont l'aimable
variété surpassoit tous les chefs-d'œuvre de l'art.

Ici l'on voyoit un ruisseau, tom-
bant en cascade du haut d'un rocher
que couronnoit un petit hermitage,
rouler à travers des cailloux, se perdre entre les saules ; il s'échappoit,

il faisoit canal dans la prairie : retenu, grossi par une écluse, il s'éten-
doit en nappe ; et un moment après,
élevé par une roue, on le voyoit briller dans l'air, et retomber en globes
de crystal.

D'un autre côté, une chaussée superbe traversoit une vaste forêt ; on
appercevoit dans le lointain des ponts,
des aqueducs qui se ressentoient des
outrages du temps, mais dont la noble hardiesse, bien plus encore que
les ruines, attestoit aux yeux l'an-
tiquité.

Le chevalier trouva l'aspect de ce
lieu si riant, qu'il résolut d'y prendre
quelque repos. Après avoir fait une
collation légere dans la maison d'un
villageois, il sort avec Barin pour
prendre l'air, et se délasser par quelques tours de promenade. Il arrive
sur la place ; une fête suspendoit les

travaux journaliers du laboureur, et réunissoit la paroisse autour d'un ormeau touffu, dont l'ombre favorisoit les plaisirs de cette innocente assemblée.

Une table placée sur deux treteaux soutenoit un chantre de figure grotesque, qui, faisant jurer sous son archet les quatre cordes d'un mauvais violon, chantoit à pleine tête, et d'une voix enrhumée, mais d'un ton plein de gaieté et de feu :

Jacinthe à la promenade
Fit un faux pas près d'un hallier, hé hé hé hé.
Elle en est au lit malade,
Elle s'en prend à son soulier.
Ah ! ah ! ah ! dame Jacinthe,
Imprudente vous étiez, hé hé hé hé :
Ah ! ah ! ah ! dame Jacinthe,
Mieux valoit aller nu-pieds.

Le médecin la visite,
L'a fort long-temps considérée, hé hé hé hé :

8

Deßiné par Lefebvre.   Gravé par Godefroy.

Faut du remede au plus vîte,
Car le mal doit augmenter.
Ah ! ah ! ah ! dame Jacinthe, etc.

Le remede qu'il faut faire,
Vous le devez bien deviner, hé hé hé hé :
Faut Martin, votre compere,
Deux témoins et le curé.
Ah ! ah ! ah ! dame Jacinthe,
Imprudente vous étiez, hé hé hé hé :
Ah! ah! ah! dame Jacinthe,
Mieux valoit aller nu-pieds.

La joie pétilloit dans les yeux,
sur les visages : elle éclatoit dans
les postures de l'auditoire enivré
de plaisir. Guillot, Mathurine, gros
Simon et Perrette, enfin toute la
jeunesse se prend par la main, forme des danses rondes ; on ne voit
de tous côtés que sauts, caprioles,
bonds et culbutes : les vieillards
assis à l'ombre, ricanant, balbu-
tiant d'aise, semblent revivre dans

la satisfaction de leurs enfants :
ils les animent, ils les encouragent
par leurs propos , par leurs regards , et font sautiller entre leurs
bras et sur leurs genoux ceux qu'un
âge trop tendre empêche de se mêler à la foule ; on entend répéter
en chœur, mais d'une façon à réveiller les échos de vingt lieues à la
ronde :

> Ah ! ah ! ah ! dame Jacinthe,
> Imprudente vous étiez , hé hé hé hé :
> Ah ! ah ! ah ! dame Jacinthe,
> Mieux valoit aller nu-pieds.

Cependant des présents rustiques,
mais savoureux , le fromage, le fruit,
le lait, le miel et les légumes, venoient de toutes parts enrichir le
buffet de l'heureux chansonnier ,
qui, voyant du coin de l'œil la petite abondance dans laquelle il alloit
nager , redoubloit encore d'enjoue-

ment, et se livroit de toute son ame aux transports qu'il avoit inspirés.

Enguerrand et Barin regardoient tranquillement, en apparence, la fête de village dont leur loisir leur permettoit d'être témoins.

Voyez cette gaieté, Barin ; voyez comme cette populace se réjouit.

Ces gens n'ont que peu, répondoit l'écuyer, et ils s'amusent de rien ; nous serions trop malheureux s'il n'y avoit de plaisir que pour les puissants et les riches.

— Et ce coquin qui chante à tue-tête, ne vous semble-t-il pas bien satisfait de lui-même ?

— Il en a sujet, repartit l'écuyer ; car on me paroît très content de lui : et, dans le métier qu'il fait, le tout est de plaire ; les moyens sont indifférents.

Je l'envie de bonne foi, disoit le paladin : la foule qui l'environne est grossiere, mais il fait une forte impression sur elle; enfin il brille dans son petit cercle : il est sans envieux et sans critiques; il n'a que des suffrages.

Aussi n'aura-t-il point de gloire, reprit l'écuyer : son succès lui est avantageux pour le présent; mais il est passager.

Il me vient une fantaisie, dit Enguerrand. Depuis long-temps je n'ai que des embarras et des chagrins par rapport à mes affaires et à celles des gens auxquels je fais profession d'être le plus attaché : je puis bien me permettre un petit délassement; il faut que je cherche de la dissipation. Je suis absolument inconnu : je dois passer ici le restant du jour, et sans doute je m'ennuie-

rois. Je vais prendre un déguisement
convenable au rôle que je me propose
de jouer. Vous irez trouver ce chanteur, et lui donnerez quelque mon-
noie de ma part, en l'engageant à
me céder pour un moment sa place.
Je veux faire entendre à ces gens-ci
des airs un peu mieux tournés que
ceux dont on les régale ; et comme
ils paroissent sensibles, je m'amuse-
rai de l'effet que, sans doute, je pro-
duirai sur eux.

A la proposition de son maître,
Barin recule deux pas. L'étonnement
se peint dans son attitude et sur
son visage. Vous, monsieur ? lui
dit-il.

Moi-même, répondit le paladin. Y
a-t-il dans ce que je veux faire quelque chose qui vous révolte?

Tout m'y révolte, reprit l'écuyer.
Vous êtes un grand seigneur, je ne

suis qu'un mince hobereau, votre
vassal et à vos gages ; cependant je
ne voudrois pas , à quelque prix que
ce fût, me donner en spectacle de
cette façon.

C'est que vous êtes scrupuleux ,
dit le chevalier ; d'ailleurs , quoiqu'inconnu , je ne prétends pas me
montrer à visage découvert, et je cherche à me divertir sans me compromettre.

La suprise de Barin augmente à
mesure qu'il acheve de se convaincre
que son maître lui fait sérieusement
une proposition aussi bizarre. A la
fin il pense être engagé, par devoir,
à lui faire quelques représentations.

Non, monsieur, non, lui dit-il,
je n'irai point porter parole de votre
part à cet homme ; et si vous voulez
trouver un second dans cette aventure , reposez-vous sur quelqu'un qui

soit moins affectionné pour votre gloire. Vous avez toujours été du goût de vous donner en public : je n'ai jamais pensé que cela fût bien séant. Mais que, dans les circonstances dans lesquelles vous vous trou-vez, vous vouliez entrer en lice avec un misérable chantre de carrefours, pour l'honneur d'amuser une centaine de paysans, c'est à quoi je n'aurai pas la complaisance d'applaudir. Observez même que vous n'êtes point sûr du succès de cette ridicule entreprise. Vous voulez le disputer à un homme né, sans doute, dans la profession qu'il exerce, et qui connoît parfaitement les treteaux sur lesquels il est monté. On est fait à son chant, à sa voix : et sur son théâtre vous n'auriez d'ailleurs aucun avantage sur lui; car, bien que vous soyez le vingtieme chevalier de votre race, vous n'êtes cependant que le premier chansonnier du nom.

Barin, répondit Enguerrand d'un ton sec qui marquoit le dégoût qu'il avoit pour les leçons, je vous l'ai dit souvent, mais jamais plus à propos, vous êtes un pédant bien étroit, et un importun babillard.

Le bon écuyer n'eut pas d'autre réponse de son maître.

Cependant celui-ci rentre dans la cabane de pasteur dont il avoit fait son hôtellerie, et se prépare, dans toutes les regles, au nouveau rôle qu'il est dans le dessein de jouer.

Il se couvre les épaules d'une partie des vêtements déchirés qu'il emporta du palais de Strigilline, et qui se trouvent encore parmi les hardes qui composent son équipage; il se masque un œil avec un large emplâtre, cache le reste de sa physionomie avec

une partie de ses cheveux qu'il met
en désordre, se coëffe en clabaud
avec un chapeau d'étoffe grossiere
qu'il trouve sous sa main, sort de
la cabane, perce la foule, et arrive
auprès des treteaux sur lesquels Poinciron étoit monté. (C'étoit le nom
de l'acteur qui faisoit les plaisirs de
l'assemblée). Barin suit son maître,
mais de loin, dans l'appréhension de
le faire remarquer. Ce fidele domestique se promene d'un air rêveur et
consterné : il frappe du pied, se tord
les bras, se mord les levres, et lance
au ciel des regards qui témoignent
ses déplaisirs. Mais le chevalier ne
voit point ces différentes postures ;
il s'opiniâtre dans son projet ; il a
joint Poinciron ; il lui parle.

L'ami ! vous devez être fatigué ;
car la séance a été longue. J'arrive,
je suis du métier, je suis frais ;

6.

pourrois-je, sous votre bon plaisir, régaler ces gens-ci d'une des nôtres, en attendant que vous ayez pris du repos ? je ne suis pas intéressé, et vous abandonne de bon cœur les profits.

Camarade, lui repart Poinciron, vous venez fort à propos ; car j'ai l'estomac plus creux que mon violon. Montez : ce n'est pas l'intérêt qui nous mene ; si vous n'avez pas d'instrument, servez-vous du mien, et bon courage.

Poinciron cede sa place. Il descend, s'assied sur l'herbe tendre, se jette tout-à-la-fois sur un pain, sur un oignon, sur une éclanche, avec un appétit capable d'en donner à d'autres.

Enguerrand cherche à mettre d'accord le violon, qui, peut-être, le fut ce jour-là pour la première fois, et

pour la derniere. Il avoit de l'archet
et de la main ; il prélude avec agré-
ment, et laisse échapper deux ou
trois éclats de voix. Elle étoit très
foible, un peu usée, mais légere et
méthodique.

Les danses ont cessé ; on fait foule,
on se serre ; on attend avec impa-
tience la chanson du nouvel acteur ;
il la commence (1).

> De Philis et de Sylvandre
> Je vais chanter les malheurs;
> Si vous avez le cœur tendre,
> Vous ne pourrez les entendre
> Que les yeux baignés de pleurs.

Le chevalier s'arrête un instant. Il
veut lire dans les regards de l'assis-
tance l'effet que son début aura pro-
duit : il n'y avoit rien encore de décidé ; on ouvroit une grande bou-

(1) Sur l'air de la romance de Daphné.

che, de grands yeux : on se regardoit ; on ne disoit mot. Il continue.

> Amour, quel est ton caprice
> Pour tyranniser les cœurs !
> Lorsque tu sembles propice,
> Tu caches avec malice
> Les épines sous les fleurs.

L'assemblée ne paroissoit pas être bien satisfaite ; il y avoit quelques mouvements de têtes et d'épaules, quelques signes qui n'étoient point favorables au débutant. Il ne s'en apperçoit pas, sans doute ; peut-être en juge-t-il mal, car il entame un autre couplet.

> Philis étoit la plus belle
> Des bergeres du hameau.
> Sylvandre étoit le modele
> Des . . . .

La rustique assemblée interrompit, par des huées, le musicien dans cet endroit. Un villageois vigoureux, bien bâti, c'étoit le coq de la paroisse, saute sur les planches, saisit le chanteur par le bras : Tire-toi de là, lui dit-il, tu n'y entends rien ; tu nous ennuies. C'est à faire à Poinciron.

Eh ! palsangué, mon bourgeois, disoit Poinciron la bouche pleine, donnez-nous le temps de manger ; il faut que tout le monde vive.

A la bonne heure, s'écria tout d'une voix l'assemblée ; mais que celui-là s'en aille (on montroit du doigt Enguerrand) : nous allons jouer en attendant au cheval fondu ou à la climussette.

Jugez de la honte, de l'embarras, du dépit, du courroux, de la fureur du paladin. Il lui vient dans l'esprit de casser le violon dont il se trouve armé sur la figure du paysan son antagoniste, au risque de se faire

assommer ; il veut dire des injures à
tout son auditoire. Mais Barin, qui
devine les sentiments de son maître
aux mouvements dont il le voit agité,
s'approche de lui, le saisit vigoureu-
sement par la manche du pourpoint,
et l'entraîne. Allons, lui dit-il,
retire-toi : ne t'apperçois-tu pas que
tu ne vaux rien pour le métier que
tu fais ?

La voix et l'action de Barin ont
rappelé Enguerrand à lui-même : il
descend d'un air honteux, et suit
paisiblement son écuyer. La foule
s'écarte ; et, leur laissant un libre
passage, elle apostrophe le chantre
disgracié, en applaudissant au discours de Barin. Ce gentilhomme a
bien raison ; tu ne serois bon qu'à
des funérailles.

Voilà bien des sujets de confusion ;
et cependant, comme si elle n'étoit

pas assez complete, les enfants et les chiens s'en mêlent; leur importun et bruyant cortege accompagne le poëte et le harcele jusques dans un verger voisin, où heureusement il rencontre une haie, derriere laquelle il se tapit.

Barin avoit suivi des yeux son maître. Ce fidele domestique le rejoint par un long détour, le trouve étendu, sans mouvement, et la face tournée contre terre; il l'approche, lui parle, le force à lever les yeux et à le reconnoître. Quoi! monsieur, lui dit-il, vous vous laisserez abattre par ce burlesque accident? Votre triomphe eût été mince; votre revers n'a rien de fâcheux. Je ne vois que du risible dans votre aventure; et comme le ridicule en tombe sur un quidam qui n'est connu de personne, et qu'on ne cherchera point à connoître, levez-vous, et prenez le parti de vous en divertir avec moi. Barin assaisonna ce propos d'une sorte de gaieté qui ne tenoit rien de la raillerie.

Enguerrand s'attendoit à des reproches : charmé du ton dont son écuyer lui parloit, et se trouvant tout-à-coup à son aise : Conviens, lui dit-il, Barin, que j'ai eu affaire à des stupides. Une romance qui a fait les délices !...

Et de quoi vous avisiez-vous, monsieur, d'aller chanter des langueurs à des Limousins ? Est-ce que ces gens-là sont faits pour entendre cette note ? Cela peut être très bon aux toilettes, sous les cheminées et dans les ruelles de Tours : cela ne valoit rien ici. Plaisanterie à part, s'il m'est permis de dire mon sentiment, votre début m'a semblé triste et douce-

reux : il est vrai que je suis d'An-
goulême.

Ce faquin, qui m'a vu renvoyer
aussi honteusement, est bien aise
dans le fond de son ame, reprit le
paladin.

S'il vous connoissoit, monsieur,
cela pourroit être ; il y a beaucoup
de plaisir à se moquer des sottises
des grands, sur-tout de celles qu'il
ne tient qu'à eux de ne pas faire.
Du reste votre rival me semble un
bon-homme, sûr de son fait. Je
l'ai observé pendant le cours de l'action : il n'en a pas perdu un coup
de dent. J'ai cru même entrevoir
qu'autant que l'appétit pouvoit le lui
permettre, il honoroit votre désastre
de quelque sentiment de pitié.

Barin, dit Enguerrand en arra-
chant l'emplâtre qu'il avoit encore
sur l'œil, la leçon est bonne. Il vaut

mieux la recevoir de ce public-ci que de tout autre.

La cabale n'y a point eu de part, repartit l'écuyer. Tout public est dangereux, monsieur : or, comme il y a des gens qui n'ont d'état que celui de se compromettre avec lui pour l'amuser, ou pour l'instruire, laissons-les faire leur métier, et faisons le nôtre ; car il est bon et beau. Çà, croyez-moi, continua-t-il, nous n'avons qu'un témoin de notre aventure ; il faut habilement nous en défaire, pour qu'il ne puisse pas déposer contre nous. Quittez ce maudit pourpoint, que je le mette à dix pieds sous terre ; je vais vous chercher des habits plus convenables ; et comme le jour commence à baisser, nous regagnerons tout doucement le lit où nous devons prendre du repos, afin de nous mettre en état d'entrer

en campagne au point du jour. Voilà
le plan de conduite que Barin propo-
soit à son maître, et qui fut exécuté
dans tous ses points.

CHANT IX.

Mon pere, dit Ollivier en faisant le récit de ses aventures au vertueux solitaire, je suis d'extraction noble; mais la fortune de mes parents ne répondant point à leur origine, j'entrai, dans ma premiere jeunesse, au service du souverain d'une des provinces qui composent le vaste et glorieux empire des Lis.

Ce prince me reçut en qualité de page, et m'honora de tant de bontés, que je m'oubliai par la suite, en le payant de la plus·noire ingratitude.

Il n'avoit qu'une fille, digne objet de son amour et de ses espérances. Sans doute, hélas! il ne l'a plus. Pardonnez-moi si je verse des lar-

mes ; le souvenir des maux que j'ai
causés me les arrache ; elles sont
le fruit de ma honte et de mes remords.

Jamais on ne vit princesse plus
digne de l'être. Jamais rejeton plus
illustre ne prit naissance à l'abri
d'une couronne. Sa physionomie ra-
vissante, tableau sincere des heu-
reuses qualités de son ame, formoit
un mélange accompli de vivacité,
de retenue, de bonté, de douceur,
de noblesse, et de modestie. Je ne
sais quel charme dans le son de la
voix ; je ne sais quoi de gracieux,
de doux, de fin, d'enchanteur dans
le sourire ; je ne sais quoi d'attrayant,
d'affable dans les manieres, qui sym-
pathisoit avec la dignité ; je ne sais
quoi de si riant, de si flatteur dans
l'abord, qui lui gagnoit tous les cœurs
à la premiere vue. Elle possédoit

7.

tous les talents ; elle avoit le germe
de toutes les vertus ; elle étoit l'idole
du peuple , dont elle faisoit l'admi-
ration. Hélas ! et c'est moi dont le
crime a détruit ce bel ouvrage, où
le ciel et la nature , de concert ,
avoient mis toutes leurs complai-
sances ! On permit que je m'atta-
chasse à son service ; elle me distin-
gua de mes égaux ; et, sans manquer
d'abord à ce qu'elle se devoit, elle
m'honora malheureusement de quelques bontés.

Nous étions de même âge et trop
jeunes pour nous défier du sentiment
qui nous entraînoit : une passion ty-
rannique s'empara de nos cœurs avant
que nous eussions cru devoir nous
en défendre ; et quand nous fûmes
plus éclairés , la honte que nous en
eûmes nous empêcha d'avoir des confidents.

Livrés à notre inexpérience, nous entretenions, chacun de notre côté, l'ardeur qui nous dévoroit, et dont nos regards étoient les seuls interpretes. Enfin la raison m'arracha le premier des bras de ce dangereux sommeil ; j'envisageai, plein d'effroi, le précipice dans lequel j'étois près de tomber ; et l'âge me rendant désormais propre au métier des armes, n'espérant point voir ma passion s'éteindre, je cherchai les périls de la guerre, pour y trouver la fin d'une vie qui m'alloit devenir insupportable.

Le desir de mériter les regrets de celle que j'aimois plus que moi-même, celui d'être moins indigne des sentiments qui l'avoient touchée en ma faveur, et de la faire paroître plus excusable à ses yeux, me rendirent téméraire. Ô ciel, pourquoi favorisâtes-vous mes armes, puisque mes succès devoient me devenir si funestes ? Ils m'attirerent des distinctions, me firent rappeler à la cour, où l'on m'honora du titre de chevalier.

Je revis celle pour qui je cherchois à mourir, et pour qui seule j'aurois pu faire cas de la vie, celle à qui j'étois redevable de ce peu d'éclat dont je me voyois environné. Car, mon pere, j'ai ce cruel reproche à me faire ; si j'ai remporté quelques avantages à la guerre, s'il s'est répandu quelque gloire sur les actions de ma vie, si l'on a mal-à-propos honoré du nom de vertus des qualités que l'on croyoit distinguer en moi, l'honneur ne m'en appartient pas : l'idée seule de celle que j'aimois m'élevoit l'ame, animoit, enflammoit, raffermissoit mon cou-

rage. Je faisois tout pour elle. Je lui
dois tout. Et moi... moi! juste ciel!
quel fatal échange! j'ai causé tous ses
malheurs, j'ai flétri sa gloire, je lui
ai donné le coup de la mort!

Nous nous revîmes : la honte, la
joie et l'embarras éclaterent réciproquement dans nos yeux. Je m'en-
ivrai, je m'étourdis, je m'aveuglai
de plus en plus. Enfin, mon pere,
apprenez un crime, un excès impardonnable, inoui.

Un serin qu'elle avoit élevé, qu'elle
chérissoit, s'échappa de la cage dans
laquelle on le tenoit renfermé ; les
perquisitions qu'on en fit dans les environs du palais furent vaines. Je
lus dans les regards de ma princesse
le chagrin qu'elle ressentoit d'une
perte qu'elle regardoit comme irré-
parable ; je crus y lire mon devoir.
Dès-lors le jour ne me vit point tran-

quille, la nuit ne me vit point goûter
de repos , que je n'eusse retrouvé
l'objet qui faisoit couler des larmes
si précieuses. Je l'atteignis , et, voulant causer une surprise agréable , je
vole au cabinet des bains , où la cage
se trouvoit suspendue : j'y pénetre
sans être apperçu ; un degré dérobé
m'en avoit facilité l'avenue. J'ouvre,
j'entre. Que devins-je ! Ô ciel ! ma
princesse dans le bain , sans que le
moindre voile pût me dérober la vue
de ses charmes , et seule ; car ses
femmes s'étoient absentées sans précaution.

Surprise , étonnée à ma vue , confuse de l'état dans lequel elle paroît
à mes yeux , elle sort de la cuve de
marbre , et veut se jeter dans une
garde-robe voisine : l'agitation, le
trouble , le désordre , la font chance-
ler ; elle tombe.

Je laisse échapper l'oiseau que je tenois : je me précipite vers elle pour la relever. Dès que je l'eus touchée, ah ! mon pere ! de quel mouvement me sentis-je emporté ! O vertu, peux-tu nous abandonner de la sorte ! Dispensez-moi du récit fatal d'une action dont la seule idée me fait fris-sonner, et dont les suites ont été si tragiques.

Depuis ce temps je n'osai reparoître aux yeux de celle que j'avois si cruel-lement offensée. Et si je n'eusse pré-sumé qu'elle auroit dans la suite be-soin de mon secours, je me serois sur-le-champ donné la mort ; mais mon funeste pressentiment n'étoit que trop bien fondé. Dans le terme ordinaire de la nature, ma princesse mit au jour un fruit non moins in-fortuné qu'elle. Une amie dont elle étoit sûre, et moi, l'assistâmes lors de l'accouchement, que nous ne pûmes tenir secret. Je me saisis de l'enfant, je l'enveloppai du mieux qu'il me fut possible : je voulus le dérober à la mort sinistre dont il étoit menacé. Les ennemis que je m'étois si légitimement attirés ne m'en donnerent pas le loisir ; je me vis contraint à l'abandonner sur une route, et je ne doute point qu'il ne soit devenu la proie de ses persécuteurs, ou de quelque bête féroce et sanguinaire. . .

En cet endroit Ollivier, succombant à l'excès de sa douleur, fut forcé, pour la seconde fois, de s'interrompre, menacé de tomber dans une défaillance plus dangereuse encore que la premiere. Le secourable vieillard a, de nouveau, recours à la fiole salutaire, dont les effets sont si merveilleux. Ollivier revient à lui-même; mais le sentiment amer qui le pénetre ne lui laisse que la force de s'exprimer par des sanglots.

Mon fils, lui dit le solitaire, votre foiblesse fut, sans doute, bien condamnable ; j'approuve que vous en ayez du repentir, et même de la douleur : mais pourquoi vous désespérer ? pourquoi vous juger vousmême avec tant de rigueur ? Laissez, laissez tenir la balance à celui qui connoît seul la force de nos penchants, la foiblesse de la nature, et le danger des occasions ; et s'il en est de vos malheurs comme de votre faute, peut-être ne sont-ils pas au comble où vous les supposez. Faites un essai de vos forces ; tâchez de me suivre jusques dans la cellule que je me suis pratiquée ; vous y prendrez de la nourriture et du repos. Peut-être même, et le ciel, dont je sens l'inspiration, permet que je l'espere, pourrai-je vous apprendre des choses qui donneront du soulagement à votre douleur.

Aidé par le solitaire qui le soutient, autant que le lui permet la caducité de l'âge, le chevalier s'achemine vers la demeure rustique que son hôte s'étoit pratiquée dans les entrailles d'un rocher. Quelques fleurs champêtres en garnissent les approches ; une vigne sauvage en tapisse l'entrée ; une table, deux sieges grossièrement travaillés, une tablette formée de deux planches, une natte qui couvre un amas de feuilles seches, en composent l'ameublement.

Épuisé par une longue diete, Ollivier avoit besoin de prendre de la nourriture. Il trouve des racines cuites, des herbes aromatiques, des dattes desséchées, des fruits sau-

vages. Ces mets sont bien simples ;
mais ils suffisent aux besoins de la
nature.

Pendant et après le repas, l'amant
d'Agnès acheva de rendre compte de
ce qu'il avoit fait depuis qu'il s'étoit
éloigné de Tours pour sauver, s'il
étoit possible, la vie à son fils, et se
soustraire lui-même à la honte du
châtiment.

Il n'avoit pas voulu perdre de vue
le souverain dont il avoit si cruellement trahi la confiance. Il se trouvoit toujours aux côtés de ce prince,
mais sous une devise inconnue : il
cherchoit à rencontrer la mort à son
service, voulant au moins mériter sa
grace, s'il ne lui étoit pas possible
d'obtenir son pardon.

La vérité, la candeur, la modestie,
caractérisoient le récit de notre jeune
héros.

Considérez, mon fils, lui disoit le sage vieillard, le merveilleux des faits que vous venez de me tracer; reconnoissez-y les décrets du ciel, qui semble avoir conduit votre bras et combattu pour vous. Vos desseins, vos entreprises, ni même vos succès, n'ont point obtenu l'effet que s'en étoit promis votre prudence; mais votre prudence est bornée, et sans doute la possession des biens auxquels vous aspirez est attachée à de nouvelles épreuves de votre vertu. Ne vous découragez point. Ce que je sais de vous m'annonce les commencements d'une haute destinée. Portez-vous à tout entreprendre pour atteindre au but auquel vous êtes appelé. J'ose vous promettre que vous justifierez mes présages.

Eh! quelles peuvent être mes espérances, mon pere, répondit Ollivier, si j'ai perdu, comme je ne puis en douter, les seuls objets de mon attachement sur la terre, mon fils et celle... Car ne croyez pas que ma fatale passion soit éteinte: j'aime, oui...

Modérez-vous, mon fils, reprit le solitaire; une passion, en elle-même, n'est pas un mal; mais dans un tel excès la religion et la raison la réprouvent. Voyez le désordre affreux dans lequel la vôtre vous plonge : elle vous aveugle tellement, qu'elle réalise à vos yeux tous les objets de vos craintes, au point que, comblé des faveurs du ciel, vous les méconnoissez, et perdez toute la confiance que vous devriez avoir en lui. Venez, il est temps que je vous fasse rougir de votre injustice, et qu'en vous apprenant ce que vous devez faire, je vous force à rentrer en vous-

même, à la vue des prodiges que
le ciel a daigné faire en votre faveur.

Alors le solitaire prend un vase
qu'au temps du repas il employoit à
son usage ordinaire ; il le remplit
d'une eau pure, dans laquelle il répand un mélange dont il connoît
l'efficacité. L'eau s'agite, bouillonne
et se trouble ; il s'en éleve une vapeur épaisse qui se répand dans la
grotte, dont elle chasse la lumiere.
Peu-à-peu la vapeur se dissipe ; et le
fond du vase, à travers l'eau devenue
plus transparente encore, laisse voir
aux yeux d'Ollivier les tableaux dont
le solitaire lui donne l'explication.

Ollivier apperçoit le palais de
Tours, la cour de Frédégilde : les
objets n'ont rien de confus ; un jour
brillant les éclaire ; leurs couleurs,
leurs formes les distinguent, les caractérisent ; une vaste étendue leur

donne lieu de se mouvoir et d'agir en liberté.

Telle une nappe d'eau transparente, resserrée dans les bornes d'un bassin étroit, présente à nos regards le vaste tableau du firmament, la marche active, mesurée, majestueuse, des spheres célestes, la course déréglée des nuages que des vents opposés poussent avec fureur en des sens contraires.

Voyez, reconnoissez, mon fils, disoit le respectable vieillard, les murs qui virent élever votre enfance, et naître en même temps votre passion et vos malheurs. Voyez cette femme hautaine qui couvre d'un zele hypocrite et d'une compassion affectée les mouvements de haine et d'ambition qui la dévorent. Le comte de Tours vient de prendre le chemin de la Palestine ; elle a reçu de lui l'ordre

de plonger l'infortunée princesse
dans les horreurs d'une prison, et
semble balancer sur l'exécution des
volontés de son époux, en attendant
les avis des ministres et des courtisans dont elle est environnée. La
dangereuse flatterie suggere à la marâtre de s'abandonner aux mouvements qui la maîtrisent, tandis que
l'honneur trop circonspect, que la
vérité toujours tremblante à la cour,
détournent la vue, observent un
morne silence, et se retirent.

Mais l'ordre, déja conçu dans le
fond du cœur, est bientôt donné.
Malheureuse Agnès ! la comtesse
elle-même marche à la tête des sa-
tellites inhumains qui vont vous en-
lever de votre appartement.

Que devint Ollivier à l'aspect de
la scene tragique dont le solitaire le
rendoit témoin ! En proie aux pas-

sions les plus violentes, il oublie que ce qui se passe sous ses yeux n'est que l'effet d'une illusion qui lui retrace une action éloignée. Il s'agite, il frémit, il éclate, il va se précipiter sur le vase; sa main égarée cherche des armes pour fondre sur les ennemis de celle qu'il adore.

Que faites-vous, mon fils? lui dit le solitaire. Les objets qui viennent de vous frapper n'ont rien de réel que leur exacte ressemblance avec des faits qui sont passés, et dont ils ne sont que la naïve image. Calmez des transports qui deviennent inutiles autant qu'ils vous sont nuisibles, et cessez de troubler par vos larmes cette eau, ce miroir fidele, qui, peut-être, vous retracera par la suite des évènements moins atroces que ceux qu'il vient de représenter.

Voyez disparoître les murs au-de-

dans desquels commande l'impitoya-
ble Frédégilde : reconnoissez ces
plaines fertiles , ces bois fleuris ,
cette onde dont le cours majestueux
fait la richesse et l'ornement de l'heureux pays qu'elle arrose : c'est la
Loire. Voilà l'endroit où vous fûtes
contraint de la traverser à la nage,
poursuivi de trop près par vos im-
placables ennemis. Voyez cet enfant chéri , ce dépôt précieux que
vous fûtes forcé d'abandonner sur la
rive.

Ô bonté divine ! tandis que tu con-
fonds les farouches persécuteurs de
l'innocence , tu lui suscites des secours , tu lui fais trouver les ressources les plus étranges et les plus
inopinées.

Tu le veux : aussitôt la brute re-
nonce à sa férocité ; son instinct prend
de l'étendue ; elle se revêt d'une sen-

sibilité dont les hommes eux-mêmes
semblent s'être dépouillés.

Tu ouvres les cœurs : et l'huma-
nité exerce les droits les plus puissants sur des ames que des travaux
pénibles et journaliers devroient avoir
absolument endurcies.

Une biche erroit dans la campagne, cherchant par-tout le faon que
des chasseurs lui avoient ravi. Ollivier, pere trop heureux ! vois comme
elle fut attirée par les cris de l'enfant
que tu venois d'exposer. On diroit
qu'elle reconnoît le bien qu'elle a
perdu : elle accourt : elle le caresse :
elle l'allaite : elle oublie le soin de
sa propre conservation.

Un paysan , que le hasard , ou
plutôt l'effet d'une direction éclairée,
a conduit en cet endroit, observe ce
spectacle singulier. La tendre nourrice le regarde d'un air inquiet ; mais

elle ne cherche point à se dérober par la fuite, et semble avoir perdu sa timidité naturelle.

Le villageois approche : il prend l'enfant entre ses bras. La biche fait retentir l'air de ses plaintes, et tourne autour de l'innocent ravisseur : elle s'élance ; elle n'abandonnera plus le trésor qu'elle pense avoir recouvré; elle se rend compagne de l'homme, qui, pénétré du prodige dont il vient d'être témoin, arrive à sa cabane au milieu de sa famille étonnée du cortege surprenant dont elle le voit accompagné.

Rassurez-vous, chevalier ; une villageoise simple, mais vertueuse, prendra soin désormais de cet enfant, dont le sort vous a donné tant d'inquiétudes. Et si quelque jour, ayant fléchi la juste rigueur du ciel, vous parvenez à la jouissance d'un

destin plus heureux, allez à l'endroit
où la riviere du Cher, après avoir
arrosé les plaines riantes de Liege,
de Montrichard, de Blere et de Che-
nonceaux, va se perdre au-dessous
de Langets, et mêler ses ondes à
celles de la Loire; vous y trouverez
celui dont vous avez pleuré la perte
imaginaire. Ah! s'il pouvoit un jour
se voir arrosé des larmes, réchauffé
dans les bras de sa tendre mere!
Mais qu'il est à craindre qu'elle ne
succombe elle-même dans les épreuves
rigoureuses par lesquelles on la fera
passer!

Tournez vos regards vers cette tour
antique; considérez ce cachot affreux:
un soupirail étroit permet à peine à
l'air de s'y renouveler; la lumiere,
forcée de se replier dans des détours
obliques, semble n'y pénétrer, n'en
dissiper les ténebres, qu'autant qu'il

est nécessaire pour affliger les yeux
par la vue du triste spectacle que présente ce séjour effrayant.

Un espace, qui laisse à peine au
corps la liberté de ses mouvements,
est fermé d'un mur impénétrable
que baigne un limon infect et ver-
dâtre. C'est dans cet endroit horrible, c'est parmi les insectes et les
reptiles venimeux dont il est le re-
paire, qu'on retient indignement
celle que je n'ose nommer, ce chef-
d'œuvre de la nature, ce modele de
douceur et de patience. C'est là que
gémissent avec elle, j'oserois l'ajou-
ter encore, la vertu et même l'innocence.

Une natte à demi usée est le seul
meuble qui soit à son usage. Les
mets les plus grossiers, les plus vils,
les plus nuisibles à la santé, lui servent de nourriture, et n'ont d'assai-

sonnement que l'abondance des pleurs
dont ils sont baignés.

Encore si-celle qui cause tant de
malheurs pouvoit les respecter, si la
barbare marâtre ne violoit pas les
portes de la prison pour venir insul-
ter à la victime dont la douceur et
la constance l'irritent au lieu de la
désarmer !...

Cependant tout semble avoir ou-
blié cette infortunée : au milieu d'une
cour dont elle étoit autrefois l'idole,
personne n'ose élever la voix en sa
faveur. Bobée, la seule Bobée, ha-
sarde enfin une démarche. Les entrailles de cette tendre nourrice se
révoltent à la nouvelle du traitement
que l'on fait à sa princesse; aucune
considération, aucun danger ne l'arrêtent; elle accourt : elle traverse un
fossé profond et fangeux, dont on
croit le passage impraticable : elle

arrive au pied de la tour ; elle prête l'oreille : des plaintes foibles, mais touchantes, l'attirent vers le soupirail ; elle reconnoît la voix . . . Ah! dit-elle, c'est vous, ma chere fille! qu'il me soit permis de vous donner ce nom ! eh! fasse le ciel qu'un autre que moi vous le prodigue un jour! Vous vivez donc encore! Ah! que j'ai tremblé, lorsque, malgré le noir secret que l'on observe, j'ai appris avec quelle indignité, avec quelle cruauté, l'on vous avoit traitée! Mais vous vivez! Essayez de me donner la main. Que je m'assure qu'il vous reste assez de force pour lutter contre votre destinée. Ah ma fille! je mourrois, je serois déja morte d'ennui, si je n'avois pensé que ma vie pouvoit vous être nécessaire. Ô mon souverain! quel démon cruel vous aveugloit quand vos ordres rigou-

reux armerent-si puissamment contre
nous un tigre dénaturé ? Rassurez-
vous cependant, ma fille ; ranimez
votre courage, et remplissez-vous de
confiance : Dieu ne vous a point abandonnée ; votre amant, votre enfant,
sont sauvés : la colere céleste a aveu-
glé, frappé leurs persécuteurs. Je sais
que, réduits au désespoir par le peu
de succès de leurs tentatives passées,
vos ennemis n'aspirent plus désormais qu'à votre trépas : cependant
je n'appréhende rien de leurs entreprises ouvertes. Peut-être ... mais
la voie que je vais vous ouvrir peut
vous mettre à l'abri de ce danger. Ne
recevez rien de leurs mains trop sus-
pectes. Je viendrai moi-même, tous
les jours, à la faveur des ombres de
la nuit, vous apporter les secours
qui vous seront nécessaires pour pro-
longer votre vie. Ne négligez pas

9.

[library stamp]

d'en prendre soin. Je vous en con-
jure pour moi, qui ne pourrois vous
survivre ; pour un peuple que la
crainte réduit maintenant au silence,
mais qui vous adore , et n'a d'espérance qu'en vous ; pour un pere qui
vous châtie , mais qui ne se porte,
sans doute, qu'à regret à cette ex-
trémité. Que ses entrailles frémi-
roient, s'il pouvoit savoir combien
il est cruellement obéi! Votre amant
lui-même, si j'en crois l'espérance
qui ne sauroit mourir dans mon
cœur, le désarmera à force de vertus.
Vivez, vivez, ma fille , quand ce ne
seroit que pour vous-même. Songez
que vous ne pouvez mourir maintenant que dans l'avilissement et dans
l'opprobre, et que vous vous devez
toute à votre gloire.

C'étoit ainsi que le solitaire rendoit les expressions de Bobée. Mais

le feu de l'action de cette tendre nourrice, représenté naturellement au fond du vase, les peignoit encore plus vivement.

Cependant un foible rayon de lumiere perce pour un instant le cachot, et laisse voir Agnès pâle, défaite, tremblante. Elle se souleve avec peine sur la pointe des pieds, et passe, quoique difficilement, la main à travers les barreaux de sa prison : elle ranime ses forces pour répondre aux caresses de sa nourrice, que le saisissement et la douleur ont rendue muette, et qui ne s'exprime plus que par des sanglots.

Ollivier dévore des yeux ce spectacle. Les passions dont son ame est affectée se caractérisent tour-à-tour sur sa physionomie ; il frémit, il s'emporte, il soupire, il parle, il gesticule, il est hors de lui-même.

Mais ces objets si tragiques, si capables d'émouvoir son cœur, viennent tout-à-coup de disparoître.

La tour qui renferme Agnès, et le
château dont elle fait partie, ne se
montrent plus que dans l'éloignement. La plaine des environs, qu'on
apperçoit dans toute son étendue, se
couvre d'une foule innombrable de
guerriers : leur superbe ordonnance,
leur attitude fiere et menaçante, im-
priment le respect et la terreur sur
leur passage.

Le villageois effrayé, suivi de sa
famille éplorée, chargé des débris de
sa fortune, et chassant devant lui
ses troupeaux timides, se retire avec
précipitation dans les villes. On distingue au loin les ravages de la flamme ; les ruisseaux sont teints de sang ;
les ronces en sont souillées, la terre
en est abreuvée ; les plaines sont cou-

vertes de cadavres et de corps expirants; les oiseaux carnassiers, attirés par la proie que leur livre la faux tranchante de la mort, planent de tous côtés dans les airs.

Des rois d'armes, couverts de leurs soubrevestes et le sceptre en main, se présentent au conseil assemblé par Frédégilde, et la somment de rendre sa capitale à la discrétion de Richard, duc de Bretagne, si cette princesse ne veut exposer l'état dont elle a la régence, et le peuple qu'elle gouverne, au dernier des malheurs.

Sachez, mon fils, quel est le sujet qui livre la Touraine au fer, à la flamme, et à toutes les horreurs de la plus cruelle guerre.

Le fils de la comtesse Frédégilde, non content de s'être déshonoré en Bretagne par des brutalités inouies,

par d'indignes lâchetés, par des af-
fronts faits à la personne du duc lui-
même, y a commis d'horribles at-
tentats, dont Richard a vainement
demandé la réparation.

L'impérieuse comtesse croit que
son fils doit tout oser avec impunité :
elle sait que l'armée bretonne est en
marche pour venir fondre sur les états
qu'elle gouverne : elle dédaigne d'entrer dans des négociations qui pourroient conjurer l'orage : elle rassemble autour d'elle ce peu de chevaliers à qui leur âge ou leurs infirmités
n'ont pas permis de prendre avec Sigismond la route de la Terre-Sainte;
s'aveuglant au point de croire que
ces foibles ressources pourront au
moins balancer la fortune entre elle
et les ennemis qu'elle s'attire ; déter-
minée d'ailleurs, quoi qu'il en puisse
arriver, à sacrifier tout plutôt que de

descendre à la moindre soumission.

Les Bretons, indignés de la hauteur avec laquelle on leur refuse la justice qu'ils demandent, pressent avec vigueur le siege de Tours qu'ils ont entrepris. Les Tourangeaux, resserrés dans l'enceinte de leurs murs, opposent à leurs ennemis une valeur qui s'aide des ressources de l'expérience.

Voyez, mon fils, voyez avec quel acharnement on combat de part et d'autre ; voyez comme la victoire, en balance, passe successivement de l'un à l'autre parti. Mais, hélas ! qu'il en coûte cher au vainqueur !

Infortunés citoyens ! en vain vous attendez votre salut de votre habileté, de votre courage : un fléau redoutable se joint aux armes qui vous assiegent, et leur facilitera bientôt votre défaite. Déja je vois la maigreur et la défaillance, symptômes trop reconnoissables de la faim qui dévore vos soldats, leur ôter la force de venir défendre les brèches, et même celle de soutenir le poids de leur armure; leurs corps exténués s'affaissent sur leurs genoux languissants. Comment soutiendront-ils les nouvelles attaques dont on va les accabler? Je vois avancer des machines redoutables. Que je crains!...

Ô Tours! ô ma patrie! ô ma chere Agnès! dit Ollivier hors de lui-même en interrompant le sage vieillard. Puis s'adressant à lui les larmes aux yeux: Hélas! dit-il, vertueux mortel, mortel éclairé, mortel chéri de Dieu, vous qui, par sa permission, venez d'opérer tant de prodiges en ma présence; j'embrasse vos genoux, ayez compassion de l'état dans lequel je me trouve; que le malheur de ma

Dessiné par Lefebvre — Gravé par Godefroy

patrie vous touche ; que je puisse
voler au secours de tout ce qui m'est
cher, le sauver, et mourir !

Ce zele, ces mouvements, mon
fils, sont dignes de la grandeur de
votre ame et de l'excellence de votre
naturel, répondit le vertueux anachorete ; mettez votre espérance en
celui qui vous a soutenu jusqu'à ce
jour. Je contribuerai de mes conseils et de mon foible pouvoir à l'ac-
complissement de ses volontés et de
vos desirs. Les espaces qu'il vous
faut traverser sont immenses : tous
les moments vous sont précieux.
Partez : que la même route qui nous
a conduits à ma cellule vous ramene
jusques sur les bords du torrent près
duquel je vous ai rencontré. Vous
trouverez une troupe de chevaux sau-
vages qui se désalterent au courant ;
approchez-vous d'eux avec confiance :

ils ne prendront point la fuite à votre aspect. Saisissez le premier qui se présentera ; un choix scrupuleux vous deviendroit inutile. Les secours qui vous sont réservés ne tirent point leur efficacité d'une vertu qui leur soit propre, mais de la volonté toute-puissante de celui qui vous les envoie.

Le solitaire avoit à peine achevé ces mots, qu'Ollivier, transporté de reconnoissance, embrasse de nouveau les genoux de son bienfaiteur, lui demande sa bénédiction, et s'en sépare.

CHANT X.

Fleur-de-Myrte, entre les bras de
Zerbin, dans une nuit obscure, au
fond d'une forêt solitaire, se trouvoit
bien exposée, lorsqu'au milieu de
ses transports les plus vifs le musicien se sent tout-à-coup engourdi,
comme on l'est, selon le dire des na-
turalistes, au toucher de la torpille.
Honteux de son état, il cherchoit à
le déguiser, quand un bâillement
scandaleux lui échappe et le décele.

La belle étoit encore dans le premier étonnement du tour que prenoit son aventure ; mais d'autres
bâillements successifs vinrent redou-
bler sa surprise. Bientôt son adversaire, vaincu par le sommeil annoncé

par tant d'avant-coureurs, se laisse
aller sur l'herbe, s'étend, ferme les
yeux, s'endort, et ronfle à faire
trembler la forêt. Je vous laisse à
juger si la dame se leva bien vîte
pour s'éloigner d'une compagnie qui
la mettoit dans le cas de rougir à
tous égards ; on croit même qu'il lui
échappa de dire assez haut : « Je ne
« sais rien de si méprisable que cet
« homme. »

Pour l'intelligence de cette aventure, il est bon de savoir en quel
endroit du globe le hasard avoit transporté notre héroïne ; c'étoit sur une
pointe avancée des côtes de l'Ana-
tolie, province de l'empire grec.
Cette pointe, exposée aux incursions
des pirates, étoit inculte et déserte :
mais l'intérieur du pays ne l'étoit pas ;
on trouvoit même, à quelque cent
pas du bois qui servoit d'asyle à la

belle et au musicien, un château
d'assez belle apparence, dont le maître s'appeloit Zaman : nouvel acteur,
dont il n'est pas hors de propos de
donner une légere idée.

C'étoit un chevalier grec, d'une
naissance distinguée : il avoit brillé
dans sa jeunesse à la cour de Constantinople, où il avoit dissipé sa fortune : puis, se trouvant entre deux
âges et sans ressources, il s'étoit jeté
dans les bras d'une douairiere opu-
lente, qu'on nommoit la dame du
Marécage, souveraine d'un étang de
vaste étendue, mais possédant un
fief d'une plus grande conséquence
encore ; car, au moyen d'un com-
merce qu'elle entretenoit avec des
esprits d'un certain ordre, elle s'étoit
fait des vassaux d'une tout autre
conséquence que ne le sont des
grenouilles et des poissons ; en un

mot, elle jouoit de la baguette.

Elle étoit vieille et laide, mais
laide à l'excès : quant au caractere,
elle n'étoit que bizarre, exigeante,
inquiete, jalouse, aigre, tracassiere,
acariâtre, vindicative, implacable,
s'aimant beaucoup et n'aimant qu'elle,
faisant le mal par principe, et un
peu de bien par occasion à quelqu'un,
quand il en pouvoit résulter un très
grand dommage à quelque autre. Du
reste elle étoit d'un assez bon com-
merce : depuis qu'elle avoit fermé
sa porte à tout le monde, elle ne
querelloit plus chez elle que son mari
et ses domestiques ; mais il est vrai
qu'elle ne leur laissoit pas un moment de repos.

Cela troubloit un peu le mari dans
la jouissance de sa fortune ; et, soit
philosophie, soit nécessité, il me-
noit une vie certainement retirée.

C'étoit dommage ; il savoit le monde, et étoit pourvu de mille petites
qualités qui pouvoient l'y rendre
agréable ; d'ailleurs il faisoit de
son temps le meilleur emploi qu'il
pouvoit : comme il n'aimoit pas
l'exercice de la chasse, le matin et
le soir étoient consacrés à des pro-
menades, et le reste du jour aux
amusements du cabinet.

Il avoit là des brochures, des pin-
ceaux, des ciseaux, des fourneaux,
des instruments de musique, de phy-
sique, et de mathématique. Après des
lectures d'une digestion facile, il
commençoit tour-à-tour une boîte,
une miniature, une découpure, un
régule d'antimoine, retournoit un
couplet de chanson, faisoit un ca-
dran solaire, ou jouoit un air sur la
musette. Mais comme ce savoir-faire
n'empêchoit pas qu'il ne trouvât du

temps de reste, que d'ailleurs il est
des moments où les ressources de ce
genre, quelque multipliées qu'elles
soient, deviennent insipides, il s'é-
toit mis dans le cas d'avoir le sommeil à commande; et voici les moyens
qu'il avoit employés.

Dans les premiers empressements
d'un nouveau ménage, et lorsqu'il
y régnoit encore une sorte de confiance, la dame avoit initié son mari
dans les mysteres de l'art qu'elle
professoit. Les gens de qualité ne
sont pas faits pour donner dans la
magie noire : le chevalier s'en étoit
tenu au rudiment, dans lequel il
avoit puisé des teintures qui l'eussent au besoin fait passer dans tous
les pays du monde pour un homme
qui jouoit supérieurement de la gi-
becicre. Le trait que je vais vous rap-
porter fut son coup d'essai et son
chef-d'œuvre.

Il charma les eaux d'un réservoir qui servoit à l'ornement et à l'utilité de ses jardins, et leur donna la vertu soporifique. Il usoit depuis fréquemment de ce breuvage, et se déroboit de cette maniere aux langueurs de l'oisiveté et aux ennuis de ses chagrins domestiques.

Au sortir du réservoir de Zaman les eaux se répandoient dans la campagne. Souvent, trompés par leur pureté apparente et par leur fraîcheur, les oiseaux, les bêtes fauves, venoient s'y désaltérer; mais, la soif étanchée, la fauvette, au milieu d'une cadence, sentoit se relâcher les fibres de son gosier mélodieux; la biche, le daim, le chevreau léger, ne pouvoient plus bondir dans la forêt, et gagnoient à pas lents l'ombrage le plus voisin pour s'abandonner au sommeil.

Fleur-de-Myrte et Zerbin, pen-

dant ce repas frugal dont les fruits
du bocage firent tous les frais, croyant
l'onde du ruisseau qui serpentoit entre
les gazons sur lesquels ils étoient
assis aussi innocente qu'elle étoit
claire, en burent sans discrétion ; et
ces mêmes eaux étoient enchantées.
On a vu quelle impression elles
avoient faite sur les sens du musicien. A cinquante pas de lui on auroit trouvé son héroïne endormie, et
précisément elle fut rencontrée par le
maître du château.

Il se promenoit seul au point du
jour dans le bocage ; il voit au pied
d'un arbre une personne qui lui semble plongée dans un profond sommeil. Au turban dont elle est coëffée,
au reste de l'équipage, le Grec juge
que ce dormeur est un Sarrasin. L'ha-
billement de notre voyageuse favorisoit la double erreur. La figure et la

jeunesse de l'étranger frappent Zaman. Par quel hasard, se dit-il à
lui-même, ce jeune homme a-t-il
été porté sur ce rivage ? Ensuite il
l'éveille, non sans effort, et lui fait
en langue franque les questions que
l'on peut supposer.

Le prétendu Sarrasin s'étend, se
frotte les yeux, regarde avec étonnement l'homme qui lui adresse la
parole, et cherche à lui rendre une
réponse.

Seigneur... je suis... je viens...
j'étois... Pardonnez-moi, je suis tellement accablée...

Tout ceci se disoit en françois,
passable pour le temps; et le Grec,
qui avoit voyagé, n'en perdoit pas une
syllabe : cependant il ne fit pas alors
attention que la personne qui lui répondoit se trompoit de genre en par-
lant d'elle-même, et se féminisoit

dans sa réponse ; mais il fut surpris
que le langage démentît le vêtement.

Je vois, lui dit-il, que vous avez
besoin de repos : mon château n'est
qu'à trois cents pas ; la route qui
nous y conduit est aisée : vous n'avez
qu'à me suivre, je vous offre l'asyle
et les secours qui pourront dépendre
de moi.

Fleur-de-Myrte se leve, et se met
en devoir de marcher sur les traces
de Zaman : elle fait un pas, puis
une chûte ; elle se releve, et retombe
encore. Voilà le turban qui se détache et roule à quatre pas : voilà
des cheveux du plus beau blond
cendré qui s'échappent à grands flots
de leur prison : voilà cette physionomie charmante qui, débarrassée de
nuages, paroît et brille de tout son
éclat.

Oh ! oh ! dit à part soi le Grec

qui s'avance pour donner du secours
à son nouvel hôte, je suis plus sûr
que jamais de n'avoir pas affaire à
un Turc. Alors il releve la belle, la
soutient par-dessous le bras, et, sans
rien laisser entrevoir des soupçons
qu'il a formés, il la conduit à une
porte secrete qui donnoit entrée dans
les jardins du château.

Que Zaman est satisfait du trésor
dont le hasard vient de le rendre
maître! Qu'il en devient avare! il
voudroit pouvoir le dérober à tous
les yeux. Il va le renfermer dans un
endroit absolument isolé de son palais, et qui n'étoit fréquenté que par
lui seul. Il rentre chez lui, fait appeler son homme de confiance : Facreddin, lui dit-il, je suis le plus
heureux de tous les hommes : j'ai
trouvé... Mais le temps est précieux : tu me feras servir au pa-

villon des bains. Je ne veux que
quatre plats qui soient exquis. Du
reste je ne suis chez moi pour personne : disperse sur les avenues des
surveillants pour écarter les gens qui
pourroient venir de la part de madame ; car, quant à elle, depuis son
dernier trait d'humeur, j'ai lieu de
me flatter qu'elle me laissera quelques jours de repos, et ne viendra
pas me troubler. Dès que tu auras
donné les ordres, tu me rejoindras,
et tu sauras tout par le détail. Je
te ferai voir... Non ! tu ne peux
t'en faire une idée. En finissant ces
mots, Zaman volé à sa garde-robe
et à son miroir, et va donner un
nouveau lustre à sa parure ; il va
se parfumer de ce que l'Orient a
de plus précieux aromates ; et, plein
de douces espérances, tout éclatant
d'or et de saphirs, embaumant l'air

des odeurs qu'il exhale, il prend la
route du cabinet des bains, dans lequel il avoit laissé le dépôt devenu si
cher à son cœur.

Cependant notre héroïne, qui s'é-
toit vue, tour-à-tour, bien accueil-
lie, puis abandonnée et renfermée
dans un appartement solitaire, ne
savoit qu'augurer du traitement qu'on
lui destinoit.

Où suis-je, disoit-elle, et que
veut-on faire de moi? L'homme qui
m'a présenté des secours a l'extérieur noble, le ton obligeant; mais
pourquoi s'éloigner avec tant de
précipitation après m'avoir conduite
ici? Quelle bizarre précaution l'engage à m'y tenir sous la clef? Que
craint-il? Que dois-je craindre à mon
tour? Serois-je réservée à des aventures plus étranges, plus fâcheuses
encore que celles qui me sont arri-

vées depuis que j'eus le malheur de
m'éloigner de Tours et de la France?
Ô Agnès ! ô Enguerrand ! ô jour
fatal ! . . .

La belle alloit continuer son apostrophe ; ses amis, son amant, ses
connoissances, la nuit comme le
jour, tout s'y fût confondu; mais
un remords se fait sentir au fond du
cœur.

On se rappelle je ne sais quel
homme, je ne sais quelle scene, je
ne sais quel moment. Les joues se
couvrent de rougeur ; on s'en prend
à ses cheveux, on se traite avec la
derniere rigueur : tant il est vrai
que les cœurs délicats ne se par-
donnent rien ! car peut-être notre
héroïne n'étoit-elle pas aussi coupable qu'elle se le paroissoit à elle-
même.

Elle avoit passé un peu rapidement du mépris à la confiance, et peut-être un peu plus loin. L'objet de ces étranges révolutions pouvoit n'en être pas fort digne : mais la nature, en jouant son jeu, consulte-t-elle toujours les bienséances? et faut-il être au moins chevalier pour mettre en péril la vertu d'une belle ?

La porte du sallon qui s'ouvrit arracha la dame à ses réflexions. C'étoit le Grec : enivré d'amour et d'espérances, il entre, il est assis, il est à genoux, il parle, il presse, il se tait, il agit. Le désordre de ses discours, la pétulance de ses regards, le feu, la hardiesse de ses actions, annoncent ses desseins à la belle, qui ne sait comment conjurer l'orage dont sa pudeur est menacée.

Les entreprises sont brusques ; déconcertées, elles se renouvellent et se multiplient ; il semble qu'on ait affaire à cent mille mains. Le combat entre les forces opposées est trop inégal ; on a recours aux cris. L'emportement des caresses les arrête au passage , et la victoire est au moment de se déclarer pour le plus fort ; mais la vertu qui se ranime emploie enfin les dernieres ressources : les dents , les ongles entrent en jeu ; et le téméraire athlete , vaincu par la douleur que mille petites blessures lui font ressentir , se voit forcé de suspendre ses attaques , et se retire dans le vestibule pour réparer son désordre.

Facreddin , l'homme de confiance , arrive sur l'entrefaite ; on lui raconte en deux mots l'aventure. J'éprouve , lui dit son maître, une résistance à laquelle je n'ai pas dû m'attendre. La petite personne est mutine ; il me faudroit du temps ; et je n'en ai pas

à perdre. Fais-nous servir, et donne-
nous de ce vin que tu as mis en réserve par mon ordre.

Facreddin se retire. Zaman rentre
dans le cabinet : il jette les yeux sur
le sofa où l'étrangere étoit assise ; il
ne la voit plus.

Elle s'est peut-être retirée dans
une garde-robe voisine : il y passe et
ne la trouve point. Mais la garde-
robe a une fenêtre qui donne sur un
partérre attenant au pavillon ; la fenêtre est ouverte, la belle s'est précipitée.

Il ne seroit plus question de l'a-
mante d'Enguerrand, si son désespoir l'eût bien servie. Elle s'élance
sans considérer le danger, et va
tomber de trois pieds de haut sur
un gazon ; car l'appartement étoit au
raiz-de-chaussée.

Nullement étourdie de sa chûte,

et pensant pouvoir échapper par la fuite, elle fait le tour de l'enclos, qui n'étoit point vaste. Aucune issue ne s'offre à ses regards. Il est un bassin d'eau vive au milieu du parterre, elle vient tristement s'asseoir sur ses bords.

Elle est confuse, irritée, furieuse, désespérée : elle jette des regards au ciel, comme pour lui reprocher l'abandon dans lequel elle se trouve : elle les ramene vers la terre, comme pour y trouver un asyle, et les promene en passant sur le crystal de l'onde qui lui retrace son image : elle se voit plus belle que jamais ; le désordre de sa chevelure et l'émotion ajoutoient encore à sa beauté.

Il lui vint une idée sinistre. Défigurons, dit-elle, ces traits dont l'éclat funeste m'expose au dernier des malheurs. Elle dit, et veut consulter le miroir liquide pour commencer d'abord le ravage par ceux de ses charmes qui lui sembleront les plus touchants.

L'onde s'émeut et se trouble. Peut-être que quelque esprit élémentaire en agitoit la surface. Les mains de la belle s'arrêtent d'elles-mêmes, et se refusent au rigoureux ministere dont on prétend les charger.

Mais la crainte, le courroux, le désespoir, viennent de donner un plus mauvais conseil. La belle veut se noyer : elle se jetoit dans le bassin, lorsque Zaman arrive, et la retient à la volée.

Elle veut refuser les secours ; mais on y joint les instances, la soumission, les prieres, les protestations, les promesses d'une conduite plus respectueuse ; on s'excuse sur la méprise que la singularité de la ren-

contre et le travestissement rendent,
en quelque sorte, pardonnable ; et,
si l'on ne se fait pas entendre avec
plaisir sur quelques uns des points,
on gagne enfin sur celui de faire ac-
cepter des vêtements et de la nourriture : c'est que le besoin se faisoit
sentir, et qu'il parle plus haut que le
dépit et la raison même.

Le repas est servi. On devine
quelle peut être la conversation. Le
chevalier se dévoue au service de la
dame ; mais il voudroit connoître
celle qu'il aura le bonheur de servir.

La dame répond avec réserve ; elle
ne dit pas exactement vrai. Les voyageurs sont une mauvaise école pour
apprendre à dire la vérité. Voilà
à-peu-près ce qui se dit tout haut :
voyons maintenant ce qui se passe
dans l'intérieur.

Cette princesse fait bien la difficile ; mais nous la verrons venir, et il faudra qu'elle marche bien droit, si je ne l'égare. C'est le raisonnement du Grec.

Cet homme n'a pas trouvé son compte ; c'est un insolent : mais je suis entre ses mains ; il peut me devenir utile ; il faut me contraindre et le ménager. Voilà ce que pensoit la dame.

Là-dessus on apporte une coupe remplie de vin de Scio, et on la vuide. Tour-à-tour lourde ou légere, cette coupe chemine ainsi du buffet à la table, et ne voyage pas inutilement pour les convives : non qu'elle les désaltere mieux que ne feroit tout autre breuvage ; il semble même que la modeste Fleur-de-Myrte en use avec plus d'avidité et moins sobrement qu'à son ordinaire. Les visages s'épanouissent, les discours sont moins

composés, les confidences plus naïves.
Il regne un air de complaisance dans
la façon dont on s'écoule. Les regards s'animent peu-à-peu; bientôt
ils étincellent de ce feu qu'inspirent
la gaieté, la liberté, lors même qu'il
s'y mêle un peu de désordre.

Zaman entonne une chanson de
table : les paroles en sont un peu
libres, on ne s'en scandalise point :
il risque une galanterie, on se con-
tente de n'y pas répondre : il fait
une caresse, on la tourne en badi-
nage : enfin tout alloit bientôt abandonner au Grec une victoire que les
liqueurs frelatées, les épices et les
agaceries de toute espece, avoient
adroitement préparée, quand le sallon retentit d'un cri aigu et si per-
çant, qu'il fait fendre les glaces des
croisées, et brise les crystaux et les
porcelaines employées sur le service.

Dessiné par Lefebvre.   Gravé par Godefroy.

La table se renverse; la terre s'entre-
ouvre, et vomit un monstre hideux
à travers un tourbillon de fumée et
de poussiere ; les yeux ardents de
courroux et la griffe étendue, il s'é-
lance sur Zaman : c'est sa tendre
épouse ; c'est la dame du Marécage.
Quelle aigreur! quelle fureur! quel
torrent d'injures! Il n'est pas de
crayon assez noir pour peindre une
scene d'un caractere si tragique.

Le chevalier grec est pétrifié; le
cerveau de la belle voyageuse, ébran-
lé par le mêlange et l'action des vapeurs qui l'ont troublé, acheve de se
déranger entièrement.

La dame du logis a déja imprimé
sur le visage de son époux les mar-
ques de sa fureur. Elle se tourne
ensuite vers l'innocent objet de sa
jalousie : Insolente aventuriere, lui
dit-elle, ton exemple épouvantera

tes pareilles ; elles frémiront de crainte et d'horreur au seul aspect de ma maison.

Elle dit ; et, cramponnant ses mains crochues dans les tresses blondes de sa rivale, elle frappe du pied, et s'éleve en blasphémant dans les airs.

Elle est au-dessus de l'atmosphere, elle y plane ; elle cherche des yeux l'endroit le plus propre pour y consommer sa vengeance.

Elle voit un rocher sourcilleux qui présente aux rayons du soleil et à la fureur des orages sa tête aiguë et dépouillée ; elle s'arrête au-dessus, et laisse échapper sa proie. Va, dit-elle, va te briser, malheureuse !...

Fleur-de-Myrte n'est plus qu'à deux doigts du rocher menaçant. La barbare magicienne s'est ravisée ; elle plonge dessus et la retient : Non,

non, dit-elle, ton supplice seroit trop doux ; va trouver une mort lente dans le sein des flots.

Voilà Fleur-de-Myrte en pleine mer : elle se débat ; elle va se noyer. Voici la furie qui revient encore à la charge, et l'enleve.

Elle va, sans doute, chercher l'ouverture de quelque volcan, pour lui faire essayer, les uns après les autres, les genres de mort les plus cruels.

Non : il est aux portes d'Antioche une fontaine destinée à des usages publics ; c'est au pied de quelques sycomores qui l'entourent que la fée transporte sa rivale : elle la laisse tomber sur le sable avec assez peu de précaution, et disparoît.

Une troupe de cavalerie s'approche de la fontaine : elle a l'air leste, l'écharpe blanche, et les plumes de

même couleur. On apperçoit la belle ;
on l'entoure, on s'empresse à la se-
courir : elle ouvre les yeux, et se
trouve entre les bras, la tête et les
épaules appuyées sur le sein d'un des
plus beaux cavaliers qu'eussent vus
jusques-là l'Europe et l'Asie ; une
stature, un port héroïque; un teint
brun et frais, un coloris animé, des
dents d'une blancheur à éblouir, un
nez aquilin ; des sourcils, des cheveux d'un noir bien décidé; une figure
où triomphoient à l'envi la force,
la fraîcheur et la jeunesse. Les regards du guerrier étoient attachés sur
elle ; des yeux pleins de feu, bien
coupés, que la compassion, qu'un
intérêt d'une autre espece animent,
ne doivent avoir rien d'effrayant.
Mais l'imagination de la belle étoit
étonnée. Juste ciel! s'écria-t-elle...
—Eh ! qui peut vous épouvanter, ma-

dame? — Où suis-je? qui êtes-vous? répliqua Fleur-de-Myrte en cherchant à changer de situation. Madame, reprit le guerrier, puisque je n'ai pas le bonheur d'être connu de vous, je suis Éberard, prince d'Antioche. Je venois pour prendre l'air, avec ma suite, auprès de cette fontaine : nous vous avons apperçue ; je suis descendu de cheval pour vous donner les secours dont vous parois-sez avoir besoin : jusqu'ici, grace au ciel, ils n'ont pas été malheureux. Mais, madame, puis-je, à mon tour, vous demander quelle est la personne à qui mon bonheur vient de me rendre utile ; quel accident vous avoit mise dans l'état fâcheux où nous vous avons trouvée ; comment il est possible que vous ayez été au moment de vous noyer dans un bassin aussi étroit ? car, à l'hu-

12.

midité de vos cheveux et de vos habits, on ne peut se tromper sur la nature du péril que vous avez couru. Est-ce l'effet d'un accident? Ai-je à vous venger de quelque scélérat? le connoissez-vous?

Plus le comte d'Antioche fait de questions, plus il augmente l'embarras de la dame. Que dira-t-elle? Son aventure, depuis qu'elle a mis le pied dans le palais de la fée du Marécage, lui semble à elle-même si bizarre, si précipitée, qu'elle n'en a qu'une idée confuse, et craint de raconter des rêves en disant ce qui lui paroît la vérité; d'ailleurs elle croit que la prudence ne lui permet pas de se faire connoître. Heureusement sa situation lui fournit une excuse naturelle : Seigneur, répondit-elle, vous êtes noble, conséquemment généreux ; faites-moi con-

duire à la ville prochaine ; l'anéan-
tissement dans lequel je me trouve
ne me permet pas, pour le moment,
de vous en dire davantage.

Le ton dont notre héroïne dit ce
peu de paroles ne lui fit rien perdre
de l'opinion que le comte d'Antioche
avoit conçue d'elle : son zele à la
servir n'en devint que plus ardent.
Il ordonne qu'on aille chercher à
l'instant une litiere commode ; et,
pendant le court intervalle nécessaire
à l'exécution de ses volontés , craignant d'incommoder la dame , il ne
lui parle que par ses attentions. Elle ,
qui a de bien meilleures raisons pour
garder le silence , affecte de ne rien
voir et de ne rien sentir.

CHANT XI.

LES promesses faites à l'amant d'A-
gnès n'avoient pas été vaines. Ollivier presse déja les flancs du vigoureux coursier dont il est redevable
au vertueux solitaire. L'animal do-
cile obéit aux genoux, à la voix,
et même à l'intention de son cavalier, qu'il conduit avec une vîtesse
incroyable jusqu'aux rives du Jour-
dain, et bientôt aux murs de Césa-
rée. Il trouve un bâtiment prêt à
mettre à la voile; il s'embarque: les
vents, la mer, lui sont favorables; il
traverse avec la vîtesse de l'éclair
les mers de Syrie, celles d'Égypte,
de Candie, et la Méditerranée; enfin
il est sous les murs de Tarascon. Son

fidele compagnon de voyage, son
coursier, fait déja retentir la plaine
de ses hennissements, il agite sa cri-
niere majestueuse, il ronge son frein
blanchissant d'écume : il part et laisse
à peine la trace de ses pas légers sur
le terrain qui semble se dérober
sous lui. Mais un obstacle, qui paroît insurmontable, se présente, et
l'arrête au milieu de sa course rapide.

Un fleuve impétueux sort du lit
que lui avoit tracé la nature ; il a
détruit les foibles digues que l'art lui
avoit vainement opposées ; il s'élance
dans la campagne ; on le reconnoît
aux ravages, à la désolation, à la
terreur qu'il répand par-tout sur son
passage. C'est la Durance.

Les ponts sont emportés, les chaus-
sées sont détruites, une campagne
inondée n'offre aux yeux du voya-

geur que des arbres déracinés, des
cabanes, des maisons enlevées et
flottantes, des abymes de sable ca-
chés sous des eaux limonneuses; tout
est dangereux, effrayant.

Le maître d'une hôtellerie sur la
porte de laquelle se trouve Ollivier
lui adresse la parole : Seigneur chevalier, tout ce que vous pouvez faire
de plus sage, en attendant que les
eaux soient écoulées, c'est de prendre ici votre gîte ; nous vous y don-
nerons vos aises, et vous y trouverez
mieux votre compte que si vous alliez
essayer de passer le pont du Diable
qu'on trouve à dix milles d'ici sur la
gauche.

Au nom singulier que l'on donne
à ce pont, au ton que l'hôte prend
pour en parler, la curiosité du chevalier se réveille ; il fait des questions à l'hôte, qui, grand conteur

de son naturel, entama l'histoire qui suit.

Ce pont est situé à l'entrée d'une gorge défendue par un château qui appartenoit, il y a dix ans, à un seigneur de ce voisinage ; mais il est depuis ce temps au pouvoir du diable et de ses sergents, qui s'en sont emparés sans forme de procès ; et le clergé ni le bras séculier n'ont pu les en faire déguerpir.

Il s'est présenté à différentes fois bien des curieux, bien des incrédules, pour en tenter l'aventure ; presque personne n'en est revenu ; et tous s'en sont si mal trouvés, qu'il n'y a pas d'apparence désormais qu'on y retourne.

Mais, pour finir par quelques traits qui vous fassent juger du reste, il y a quatre ans que le fils de l'ancien seigneur, jeune gentilhomme qui re-

venoit de la guerre, se déplut dans
la maison paternelle, et demanda
pour apanage la maison du diable,
présumant qu'il lui seroit plus facile
d'en apprivoiser les hôtes qu'une belle.
mere qu'on lui avoit donnée dans
son absence. Tout le monde avoit
pitié de lui; mais personne ne voulut
le suivre. Il étoit déterminé, vigoureux ; il pousse sa pointe : or apprenez quel en fut le succès.

Trois jours s'étoient passés sans
qu'on en eût de nouvelles, lorsque
des paysans trouverent son corps arrêté par des branches de saules qui
sont sur les bords de la riviere, à
une lieue au-dessous du château. Le
courant, ou le diable, l'avoit emporté là. Il avoit le cou tordu, la
langue et les yeux hors de la tête,
les sourcils et les cheveux grillés;
le corps tout meurtri, et si noir qu'il

en étoit bleu ; déchiré de coups de griffes qui lui entroient d'un pouce dans les chairs , et sentant le soufre de dix lieues à la ronde. J'allai , comme les autres , pour le voir ; et il m'en est resté une telle frayeur, qu'à l'heure où je vous parle on ne me tireroit pas une goutte de bon sang.

Vous présumez , dit Ollivier à l'hôte en ne lui donnant pas le temps de s'engager dans une nouvelle histoire , que le pont dont vous me parlez n'ait pas subi le sort des autres? Trouverai-je un guide pour m'y conduire?

Cela ne vous manquera pas , seigneur ; nos enfants vous y conduiroient les yeux fermés : mais j'aurois regret qu'un cavalier de votre apparence allât se perdre de gaieté de cœur.

Ollivier insiste et veut absolument partir. Attendez à demain matin, lui disoit l'hôte; le jour est avancé, la nuit vous surprendra. Les alentours de l'endroit où vous allez sont déserts, vous n'aurez de gîte que le maudit château. Les conseils sont superflus; l'obstination du chevalier l'emporte; le guide se présente, on s'achemine.

Ce guide, non moins crédule et plus babillard que le maître de l'hôtellerie, son pere, ne cessa sur la route d'entrenir le paladin des prodiges dont le château merveilleux passoit pour être le théâtre; mais lui, rempli de son objet, ne prêtoit qu'une attention médiocre à des récits qu'il jugeoit fabuleux autant qu'ils étoient bizarres.

La fourberie, la sottise et la peur, disoit-il en lui-même, jouent bien

leur jeu dans cette occasion-ci. Que
je ferois avec plaisir disparoître tous
ces prodiges, si des soins plus importants ne m'appeloient ailleurs !
Mais cherchons à traverser le fleuve
sur quelque pont que ce soit ; c'est
ce que nous avons à faire de mieux.

Cependant le soleil atteignoit au
terme de sa carriere, lorsque le guide
interrompit brusquement le fil de sa
narration pour montrer à notre héros deux tours qu'on découvroit à
peine dans l'éloignement et sur le
penchant d'une colline.

Seigneur chevalier, lui dit ce jeune
homme, voilà votre auberge pour
cette nuit, si vous la voulez passer
bien mauvaise, et voilà la route qui
doit vous y conduire. Quant à moi,
je vous laisse et ne veux rien avoir
à démêler avec les patrons de ce
manoir maudit. Il dit, pique sa mon-

ture des deux, la met au grand trot, et disparoît.

Ollivier continue sa route à travers les ombres de la nuit qui commencent à se répandre ; et, à la faveur de la lumiere foible et tremblante des étoiles, il arrive à la porte du château redoutable.

Le pont-levis abaissé lui en permet la libre entrée. Il se trouve dans une cour spacieuse : il prête attentivement l'oreille, et se persuade, au morne silence qui regne autour de lui, que l'endroit dans lequel il se trouve est entièrement abandonné. Cependant, pour se mettre à l'abri des surprises, il ne veut pas pénétrer plus avant. Il débride son cheval, le laisse errer sur le pâtis que l'enceinte du château renferme ; tandis que lui-même, retiré sous l'abri de la porte, le bouclier au bras, le cimeterre au

poing, l'œil et l'oreille au guet,
se résout à attendre la naissance du
jour.

Il avoit passé près de la moitié de
la nuit dans cette difficile attitude,
sans s'être apperçu de rien d'extraordinaire, lorsque l'éclat d'une vive
lumiere vient frapper ses regards jusques dans le réduit obscur qu'il avoit
choisi pour sa retraite.

Il entre dans la cour : la façade
du château lui semble tout embra-
sée; un bruit sourd se fait entendre,
semblable à celui que les feux sou-
terrains occasionnent, lorsque, par
des éruptions soudaines, ils viennent
à s'échapper de leurs prisons ; on
distingue bientôt des cris aigus, des
gémissements, des plaintes lugubres.

En même temps la porte d'un pavillon situé dans le milieu de la cour,
roulant avec fracas sur des gonds

13.

énormes et couverts de rouille, s'ouvre à deux battants. A travers des
éclats de lumiere qui changent la nuit
en un jour affreux, on distingue une
foule de démons, de spectres, de
fantômes qui semblent se précipiter,
s'acharner les uns sur les autres; les
hurlements que pousse cette mons-
trueuse foule font retentir les voûtes
de la forteresse, ébranlent les rem-
parts et les tours jusques dans leurs
fondements. Cependant on marche
du côté de la porte sur le pas de
laquelle notre héros s'est avancé.

La premiere figure que l'on distingue semble être l'ombre d'une femme
affligée ; un voile de lin d'une blancheur éclatante, mais souillé de
quelques gouttes de sang, l'enve-
loppe depuis les épaules jusqu'aux
talons ; ses cheveux épars tombent
par flocons sur sa poitrine ; ses

11

Dessiné par Lefebvre   Gravé par Godefroy

yeux, baignés de larmes, sont tournés vers le ciel ; sa voix, étouffée
par les sanglots, laisse à peine échapper les plaintes que lui arrache l'état
douloureux dont elle paroît être affectée.

Un fantôme d'une figure horrible,
d'une taille énorme et gigantesque,
la suit. Les chaînes sous le poids
desquelles ce hideux colosse semble
succomber retardent la vîtesse de sa
marche que des monstres infernaux
hâtent à coups de fouets dont les
bouts sont armés de pointes acérées,
et en lui pressant le flanc avec des
fourches aiguës. On voit ruisseler le
sang par-tout où les pointes meur-
trieres ont fait sentir leurs atteintes.
Le monstre s'agite, se tourmente,
pousse d'affreux rugissements ; sa
bouche vomit des tourbillons de
flamme qui menacent d'embraser tout
ce qui les approche.

L'amant d'Agnès prévient la troupe
infernale qui marchoit à lui ; il fait
siffler dans l'air sa redoutable épée.
Les démons abandonnent la victime
au tourment de laquelle ils s'étoient
dévoués, se précipitent sur le héros qui
les attaque ; les fourches se tournent en
un instant contre lui. Vingt flambeaux
répandant une clarté funebre, une
odeur empestée, assiegent la visiere
de son casque, et cherchent à le pri-
ver en même temps de la faculté de
voir et de respirer, tandis que les
hurlements, les rugissements reten-
tissent d'une maniere horrible à ses
oreilles. Mais son courage en redouble : il évite les atteintes qu'on lui
porte ; il s'élance, il frappe ; mais
au plus fort de l'action les lumieres
disparoissent, et la vision s'évanouit.

Le paladin étonné cherche en vain
ses adversaires à travers les ténebres

qui les lui dérobent : il prête l'o-
reille; et entendant un bruit rauque,
intermittent et sourd, il tourne ses
regards du côté d'où le bruit s'annonce; il y marche : une lumiere,
échappée d'un feu qui paroît achever
de s'éteindre, le guide et le conduit
à huit ou dix pas vers une masse qui
beugle, et d'où paroissent sortir le
peu d'étincelles que l'on voit briller.

Ollivier s'approche de la masse, et
lui fait sentir légèrement la pointe du
cimeterre; elle pousse un rugisse-
ment douloureux : le guerrier s'arrête; mais, tandis qu'il cherche à démêler la forme et le genre de l'être
plaintif qui fixe son attention, un
autre objet vient le distraire.

C'est un bloc dont l'éclatante blancheur a vaincu l'obscurité qui l'environne : il est sous la main du héros,
qui croit, en le touchant, distinguer

du linge, de la chaleur, et de la chair
enveloppée d'une peau douce autant
que fine. Le bloc semble soupirer et
se plaindre.

Ceci pouvoit être une ruse de l'ennemi, et même de ses meilleures :
le guerrier, qui s'en doute, s'éloigne
de quelques pas, se tient debout,
appuyé sur son épée, en garde contre
ses adversaires, contre lui-même, et
ne perdant pas de vue les deux objets qui, tour-à-tour, venoient de
frapper ses sens.

La nuit fut longue; car la durée
du temps varie au gré des situations.
Enfin l'aube, précédée par l'étoile du
matin, a paru sur l'horizon. Aidé de
la lumiere qu'elle répand, le paladin
a déja pris parti sur la nature de la
masse et du bloc qui, pendant la
nuit, ont été le sujet de son inquiétude. Ceci, disoit-il, me paroît être

un homme ; et voilà, si je ne me trompe, une femme.

Il avance vers la figure humaine, la touche avec précaution ; elle pousse deux ou trois rugissements : il la considere ; elle est étendue sur l'herbe. Il croit la reconnoître ; c'est ce fantôme chargé de chaînes qui précédoit la troupe dans la vision nocturne.

Ollivier prend le fantôme par les épaules, le met sur le séant, le soutient, l'envisage, voit cette face énorme, hideuse, effrayante, la touche, et découvre que c'est un masque de cuivre. Les courroies qui attachent la larve tombent de deux coups de cimeterre. Les premiers rayons du soleil ont dardé sur le visage démasqué : les traits en sont reconnus ; c'est la tête d'Inare.

Mais est-ce bien elle-même? cette vision nouvelle ne seroit-elle pas une suite des illusions de la nuit? L'amant d'Agnès ne sait que penser, et l'embarras de sa situation redouble encore par les nouveaux objets qui viennent d'attirer ses regards. A quelques pas de lui le terrain est sanglant et couvert de corps qui semblent être privés de la vie. Le bloc éclatant par sa blancheur, qu'il estimoit devoir être une femme, se met en mouvement, se leve, et marche directement à lui.

Le héros rappelle ses sens pour s'assurer de leur fidélité. Est-ce vous, seigneur Inare? dit-il à la tête démasquée.

Je suis réprouvé, répond la tête en le regardant fixement.

Ollivier frissonne à cette réponse laconique et terrible. Qui êtes-vous, madame, dit-il à la dame vêtue de blanc, et où suis-je?

Dans un enfer, seigneur, lui répond la femme.

Cela ne se peut, madame, dit le
héros : qui êtes-vous, encore une
fois ?

Fuyons, seigneur ; vous saurez tout:
mille dangers nous environnent. Votre bras n'a pas délivré la terre de
tous les scélérats que renferme ce séjour d'horreur : hâtons-nous. En disant cela, la dame le prend par la
main et cherche à l'entraîner. Ne
nous pressons point tant, madame,
dit Ollivier. Je crois qu'en effet ce
lieu-ci n'est pas sans péril ; mais
n'appréhendez rien : je ferai ma retraite en bon ordre, et vous serez la
maîtresse de me suivre.

Le chevalier a reconnu Inare à la
voix, à cette physionomie trop mar-
quée pour pouvoir être équivoque ; il
conjecture, avec vraisemblance, que

l'infortuné Tourangeau sert de jouet
à des brigands. L'abandonnera-t-il?
ce parti lui semble lâche et cruel tout-
à-la-fois. Entreprendra-t-il de le délivrer? mais le fils de Frédégilde, dans
l'état où il se trouve, est absolument
incapable de s'aider. Néanmoins,
avec un peu de peine, toutes choses
s'arrangent. Inare, presque insensi-
ble, est mis sur le cheval; la dame,
en croupe derriere lui, porte la lance
de l'amant d'Agnès, qui, chargé du
reste de ses armes et à pied, sort du
château, conduisant son propre coursier par la bride.

L'aventure du Pont-au-Diable présentoit d'abord bien du merveilleux;
voici tout ce qui en reste. Un homme
trouve son plus grand ennemi dans
le malheur, et expose ses jours pour
le délivrer. Cela est un peu plus rare
à rencontrer que des revenants.

Mais par quel hasard le fils de Frédégilde se trouvoit-il dans le cas d'avoir des obligations aussi essentielles à son rival? C'étoit pour s'être mêlé des affaires de Falagon et d'Alérie.

Falagon possédoit des terres sur le rivage de la Durance. Il avoit du talent pour contrefaire le coin des monnoies, et du goût pour en altérer le titre. Il avoit fait d'un de ses vieux châteaux le théâtre de ses opérations lucratives ; et, pour en dérober aux oreilles et aux yeux le bruit et l'éclat, il avoit répandu dans le peuple qu'on y voyoit toutes les nuits des apparitions diaboliques.

Il falloit un appareil effrayant pour soutenir une invention de cette nature, et pour forcer à la retraite les curieux et les incrédules : voici de quelle façon s'y prenoit le châtelain.

Se présentoit-on au château pour y passer la nuit, sur-le-champ tout y étoit préparé pour la représentation d'une scene à-peu-près semblable à celle qui avoit frappé les yeux d'Ollivier.

Il étoit difficile de trouver un sujet pour remplir le premier rôle, pour traîner des fers d'un poids énorme, et essuyer enfin toutes les disgraces attachées à l'emploi. Malheur à l'inconnu de stature avantageuse que le hasard faisoit tomber entre les mains de Falagon ; il étoit dévoué sur-le-champ à ce fâcheux ministere, et résistoit difficilement aux fatigues de quatre représentations.

Depuis quelque temps Falagon avoit eu en son pouvoir un jeune homme d'une taille au-dessus des proportions ordinaires. Alérie, épouse du châtelain, ne put voir sans compassion cette victime périr dans les fatigues d'une aussi désagréable profession : elle fait instruire l'étranger des sentiments qu'elle a conçus pour lui, prépare une échelle de cordes ; et un beau jour la dame et le réprouvé s'enlevent réciproquement.

Une seule haquenée, pliant sous une double charge, les emportoit très lentement, lorsque Falagon se mit à les poursuivre.

L'inconnu, qui se sent serré de près, soulage adroitement la monture de la moitié du fardeau, pique des deux, et s'en va si loin qu'on n'en a jamais eu de nouvelles.

Alérie, un peu froissée, car elle étoit descendue de cheval assez maladroitement, retombe au pouvoir de son époux, qui, l'ayant ramenée chez lui, l'attacha à un arbre, et en étoit au prélude de la vengeance qu'il pré-

14.

tendoit tirer, quand tout-à-coup sur-
vient Inare qui brusque le mari en
désobligeant la femme, qu'il finit
par délivrer, non dans le dessein de
bien faire, mais dans celui de contre-
dire; et la dame, par un trait de
reconnoissance digne du motif qui a
fait agir son bienfaiteur, le livre au
pouvoir de leur ennemi commun.

Le trait étoit à-la-fois méchant et
politique; car Alérie effaçoit, vis-
à-vis de Falagon, la moitié de la
faute qu'elle avoit commise, puisqu'elle remplaçoit plus que digne-
ment l'acteur dont elle avoit favorisé
l'évasion.

On entraîne Inare dans le manoir;
on l'assoupit; on l'enchaîne; on le
transporte ensuite au château des apparitions; on le renferme dans un
cachot dans lequel il est sobrement
nourri.

S'agit-il ne le faire sortir pour une promenade nocturne, deux figures diaboliques viennent le chercher à la lueur d'un flambeau ; on l'affuble d'un masque d'un pied et demi de hauteur, surchargé d'une chevelure de crin hérissée. La bouche du masque, faite d'ailleurs pour grossir le son de la voix, contient une matiere seche, enduite de bitume, et à laquelle on a mis le feu.

Inare veut crier ; il hurle : il cherche à prendre sa respiration ; la fumée du bitume enflammé l'empeste : il fait des efforts pour la repousser ; il vomit des tourbillons de flamme : il veut s'enfuir ; il est retenu par le poids de ses chaînes : il veut s'arrêter ; les coups de fouet, la pointe acérée des fourches, le hâtent et le forcent d'avancer vers l'endroit où l'on a dessein de le conduire. Un

sage succomberoit sous tant de maux
réunis; le Tourangeau n'en est devenu que plus imbécille, au point
que, buvant et mangeant, il se persuade qu'il est mort.

Il ne reste plus qu'à savoir quelle
sorte de vengeance tira Falagon de
son épouse Alérie après qu'elle eut
été délivrée par Inare. Le châtelain la
relégua parmi les ombres malheureuses qui devoient habiter le château, et la chargea de jouer ce rôle
intéressant dans les visions. Elle paroissoit échevelée, vêtue d'un simple
voile de lin, et exposée de temps en
temps aux coups de fouet de quelque
démon mal intentionné pour elle.

Qu'on se rappelle maintenant les
fantômes qui composoient ces apparitions si capables d'épouvanter, on
en reconnoîtra les principaux ac-
teurs; Falagon et ses gens remplis-

soient les personnages en sous-ordre.

Jusqu'au moment où Ollivier se présenta devant cette troupe avec une assurance héroïque, elle n'avoit eu besoin, pour vaincre, que de la terreur de son équipage ; mais à ce coup elle se trouva exposée à une attaque aussi vive qu'imprévue. Inare se laisse aller à terre ; Alérie se retire à côté ; et Falagon, déja dangereusement blessé, s'appercevant que sa troupe combat avec désavantage, lui ordonne de jeter de concert dans les fossés du château les flambeaux qui éclairoient la mêlée, et se retire en abandonnant les morts et les blessés sur le champ de bataille.

Ollivier, occupé du but important qui l'attiroit en Europe, négligea de poursuivre ses avantages contre une troupe de scélérats qu'en tout autre

temps il auroit cru devoir ne pas épar-
gner. Il passe le pont redoutable,
précipite sa marche, et arrive à un
bourg d'une assez grande étendue.
Son premier soin fut de remettre
Inare entre les mains d'un chirurgien, qu'il engagea à prendre soin
du fils de Frédégilde par la remise
d'un anneau de prix qui lui restoit,
et par les sollicitations les plus vives.

Délivré de cet embarras, il fait
chercher des vêtements sortables à
la condition d'Alérie, les remet à la
dame, et prend congé d'elle par un
compliment court, froid, et civil.

Je ne vous étonnerai point en vous
disant que l'épouse de Falagon ne
s'attendoit pas à se voir aussi promp-
tement délivrée. La vaillance et la
bonne mine de son libérateur l'en-
chantoient; elle avoit le cœur noble
et vouloit s'acquitter. Une femme

soient les personnages en sous-ordre.

Jusqu'au moment où Ollivier se présenta devant cette troupe avec une assurance héroïque, elle n'avoit eu besoin, pour vaincre, que de la terreur de son équipage ; mais à ce coup elle se trouva exposée à une attaque aussi vive qu'imprévue. Inaré se laisse aller à terre ; Alérie se retire à côté ; et Falagon, déja dangereusement blessé, s'appercevant que sa troupe combat avec désavantage, lui ordonne de jeter de concert dans les fossés du château les flambeaux qui éclairoient la mêlée, et se retire en abandonnant les morts et les blessés sur le champ de bataille.

Ollivier, occupé du but important qui l'attiroit en Europe, négligea de poursuivre ses avantages contre une troupe de scélérats qu'en tout autre

Tandis qu'Ollivier venoit au secours de sa patrie, Enguerrand, son
ami, peu instruit de ce qui s'y passoit, traversoit la mer pour se rendre dans la Palestine. Il débarqua à
quelques milles de Tortose, sur une
plage qui n'étoit habitée que par des
pêcheurs. Ce séjour n'étant point
propre à le délasser de ses fatigues,
il apperçoit sur le haut d'une colline
un château considérable en apparence; il apprend que ce château et
les terres qui l'environnent sont au
pouvoir d'un chevalier chrétien : il
s'achemine vers cet endroit, et par-
vient bientôt au pont-levis, qui n'é-
toit pas abaissé. Un nain paroît au
haut d'une tour, et lui adresse la
parole :

Seigneur chevalier, on n'entre ici
qu'après avoir prêté serment de se
laisser servir par les dames... Quelle

qui a de la jeunesse et des agréments
ne présume pas qu'on dédaigne les
témoignages d'une reconnoissance lé-
gitime.

Alérie devoit encore moins s'y attendre qu'une autre, après les pré-
cautions qu'elle avoit prises pour préparer les évènements qu'elle desiroit.
Les tons intéressants, les minaude-
ries, les louanges, tout avoit été mis
en jeu; elle avoit débité entre autres
le plus joli petit roman, un chef-
d'œuvre d'esprit et d'imagination,
auquel il ne manquoit rien, sinon
qu'il ne devoit pas être dédié à l'a-
mant d'Agnès. Distrait par des desseins d'une bien plus grande conséquence pour lui, Ollivier n'écoutoit
les récits de la dame que par pure
bienséance, et ne faisoit nulle attention au reste du manege; il voloit
à Tours.

exiger de lui. Le serment fait, les portes s'ouvrent, et le chevalier est introduit dans le château.

A peine est-il dans la cour, que deux jeunes personnes d'un extérieur modeste s'approchent de lui. L'une prend l'étrier, l'autre la bride. Le paladin descend de cheval, et est conduit dans un appartement commode.

Il y trouve plusieurs femmes qui le reçoivent sérieusement, mais avec les démonstrations de la plus grande politesse. On lui donne un siege; on l'assied : en un moment le casque, la cuirasse, les brassards sont délacés. La plus apparente de la troupe se met à genoux, désarme les cuisses, ôte les bottines, prend les jambes nues, les examine avec soin; et se retournant d'un air grave du côté d'une suivante : Palafrine, dit-elle,

bizarrerie ! dit Enguerrand. Seigneur,
répondit le nain, les dames qui ha-
bitent ce château se sont consacrées
au service des chevaliers francs qu'attire le dessein de conquérir la Palestine : on peut, par un excès de politesse, les gêner dans l'observance de
leurs vœux, et elles veulent s'assurer
de la complaisance de leurs hôtes.

Voilà, dit Enguerrand, des pré-
cautions bien minutieuses ; mais le
motif qui les fait prendre est louable.
Qu'en pensez-vous, Barin ? nous pou-
vons subir la loi qu'on nous impose ?

Cela vous regarde, monsieur, répliqua Barin ; vous savez si vous vous
êtes bien trouvé d'avoir été servi par
des femmes.

Ces femmes-ci, repartit le maître,
ne s'annoncent pas comme des harpies. Et sur-le-champ il s'engage à
faire tout ce que les dames pourront

fûmes attirés l'un et l'autre par des
enchantements dans le palais de la
fée Bagasse. Cette dangereuse sor-
ciere, attachée au culte de Maho-
met, voyant avec chagrin le progrès
des armes chrétiennes en Asie, voulut les arrêter en tendant des pieges
aux chevaliers défenseurs de la foi.
Elle construisit, non loin d'ici, un
palais superbe. Nous mîmes malheureusement le pied sur les avenues :
alors entraînés par un charme, quand
nous croyions ne l'être que par la
beauté des lieux, nous parvînmes
jusques dans un péristyle qui étoit à
l'entrée du palais. Mais nous y étions
à peine, que le marbre sur lequel
nous marchions, solide en apparence, s'écarte et se fond sous nos pas :
une chûte imprévue nous précipite
sous le mouvement d'une roue armée
de fers tranchants, qui séparent en

allez dire à monseigneur qu'il n'y a ici ni jambes bien faites ni genoux cagneux ; ce sont deux jambes ordinaires, seches, nerveuses, assez proportionnées entre elles.

Madame, dit Enguerrand fort étonné de ce qu'il entendoit, puis-je vous demander quel intérêt, vous et ce monseigneur à qui vous envoyez un message, pouvez prendre à la tournure de mes jambes?

Seigneur, lui dit la dame en se relevant, la courtoisie avec laquelle vous vous êtes prêté à nos usages donne à votre curiosité des droits sur notre complaisance.

Don Guéridonio de Paphlagonie, mon frere, est seigneur de ce château et des domaines qui l'environnent, les ayant conquis sur les Sarrasins par la force des armes.

Il y a environ quatre ans que nous

les mâchoires qui les faisoit bâiller presque continuellement. Je n'entendois que ces mots assez mal articulés : Ah ! quels ennuis ! cela est désespérant.

Je ne pus résister à l'impression que faisoit sur moi la convulsion générale, et me mis à bâiller comme les autres.

Encore une bâilleuse de plus, dit une grosse tête de femme placée vis-à-vis de la mienne : on n'y sauroit tenir ; j'en mourrai. Et elle se remit à bâiller de plus belle.

Au moins cette bouche-ci a de la fraîcheur , dit une autre tête , et voilà des dents d'un bel émail. Puis m'adressant la parole : Madame , peut-on savoir le nom de l'aimable compagne d'infortune que nous a donnée la fée Bagasse ?

J'envisageai la tête qui m'adressoit

un clin-d'œil toutes les parties de
notre corps les unes des autres ; et ce
qu'il y eut de plus étonnant, c'est
que la mort ne suivit pas une aussi
étrange dissolution.

Entraînées par leur propre poids,
les parties de notre corps tomberent
dans une fosse profonde , et s'y con-
fondirent dans une multitude de membres entassés. Nos têtes roulerent
comme des boules.

Ce mouvement extraordinaire ayant
achevé d'étourdir le peu de raison
qu'une aventure aussi surnaturelle
m'avoit laissé , je n'ouvris les yeux
qu'au bout de quelque temps, et je
vis que ma tête étoit rangée sur des
gradins à côté et vis-à-vis de huit cents
autres têtes des deux sexes, de tout âge
et de tout coloris. Elles avoient con-
servé l'action des yeux et de la langue , et sur-tout un mouvement dans

15.

chaque instant à nous fendre les
oreilles. La tête qui arrive inspire de
l'intérêt ; laissez-nous prendre part à
sa fortune.

Que parlez-vous de quarante ans,
seigneur ? Eh ! oui, madame, répondit la tête qui se déclaroit pour moi ;
quand vous aviez des mains, vous
aviez l'âge qu'il vous plaisoit d'avoir ;
mais, certainement, si le sort l'eût
voulu, vous seriez dans la quaran-
tieme année de votre regne.

Seigneur Coqzinga, dit la grosse
tête injuriée, vous vous faites connoître bientôt pour ce que vous êtes,
pour la plus mauvaise tête...

Ah ! madame, répliqua la mauvaise tête, il y a deux lustres trois
jours deux heures un quart et quelques minutes que vous nous fatiguez
de vos prétentions et de vos grands
airs ; et dès qu'il paroît sur la scene
une tête qui...

Eh! seigneur, dis-je alors, que je
ne sois point, je vous prie, la cause...
— Eh! non, madame; je vous l'a-
voue, à votre aspect je n'ai pu me
défendre...

Il alloit poursuivre, et me déclarer
sans doute les sentiments qu'il prétendoit que je lui eusse inspirés; mais
il fut interrompu par une tête de son
voisinage.

C'est une pitoyable chose qu'une
tête de petit-maître! Seigneur Coqzinga, est-il dit que le malheur ne
conduira pas dans ce triste séjour une
tête femelle tant soit peu pourvue
d'agréments, à qui vous ne débitiez
des fadeurs, en nous mettant tous
dans votre confidence? Puis s'adressant à moi: Ne l'écoutez pas, madame, c'est le plus grand fat de la
cour de Perse; vous pouvez d'ailleurs vous appercevoir que ce qu'il

dit ne sauroit passer le nœud de la gorge.

Ah! s'écria Coqzinga, si jamais je puis retrouver mes membres! Ah! répondit son nouvel adversaire, si j'avois seulement mes mains!

Mais, seigneur, disois-je, ces dis-putes vous menent trop loin. — Eh! non, madame, reprit Coqzinga; laissez-nous faire; ne vaut-il pas mieux se quereller que de bâiller? A quoi peuvent s'occuper des gens qui n'ont que des oreilles et des yeux, qui vivent ensemble face à face de-puis un siecle, avec espérance de doubler, sans se perdre un instant de vue; qui n'ont nulle relation, ni n'en peuvent former d'agréables; à qui la médisance même est inter-dite, faute de savoir de qui parler pour se faire entendre; qui...

Coqzinga en eût dit davantage;

mais la tête dont j'ai parlé la premiere se mit à bâiller si fort, que ce
fut le signal d'un bâillement univer-
sel dans lequel je fus entraînée. Que
vous dirois-je, seigneur? je me mis
bientôt au ton de la compagnie à
laquelle je me trouvois agrégée : je
pris de l'ennui, de l'humeur, je con-
tredis, je querellai; et j'eus ma part
des injures. Vous ne pouvez vous
faire une juste idée de l'ennui qui
nous dévoroit. Désespérés d'être continuellement vis-à-vis de tant de visages
qui nous déplaisoient, nous jurions
sans cesse de nous fuir de toute la
vîtesse de nos jambes, quand nous
les aurions recouvrées, lorsqu'au moment où nous nous y attendions le
moins elles nous furent rendues.

Tout-à-coup il nous prend une
violente envie d'éternuer tous ensemble. Un instant après, une voix

rauque, qui partoit on ne sait d'où,
nous ordonne de chercher nos membres épars ; en même temps nos têtes
roulent vers l'endroit où ils étoient
entassés.

Mais l'envie de se quitter réciproquement, la précipitation née de je ne
sais quelle crainte, la confusion, le
désordre, inséparables d'une recher-
che de cette nature, peut-être le desir
de s'approprier le bien d'autrui, oc-
casionnerent de singulieres équivo-
ques. Des visages femelles se pla-
cerent sur des bustes de jeunes gens,
les têtes de ceux-ci sur des corps que
l'âge sembloit avoir entièrement rui-
nés : un homme de loi s'en alla avec
les doigts d'un joueur de luth, et un
grand seigneur avec les mains d'un
escroc.

Je plaignis beaucoup une jeune
personne qui se vit contrainte à faire

retraite avec une gorge surannée qu'elle rhabilla du mieux qu'elle put.

A mon égard, je rejoignis assez facilement ce qui m'appartenoit ; cependant, si j'eusse été tant soit peu moins diligente, cette grosse tête, mon antagoniste, alloit mettre la main sur une de mes meilleures nippes.

L'aventure de Coqzinga fut curieuse : il s'aimoit beaucoup ; mais il falloit qu'il ne se fût pas scrupuleusement examiné. Ce n'est point là ma poitrine, disoit-il ; celle-ci est étroite et enfoncée ; je n'eus jamais les épaules rondes... voilà une taille ignoble. Ainsi du reste. Il ne voulut rien reconnoître de ce qui étoit à lui. Quelqu'un, moins difficile, s'étant sans doute accommodé de tout ce qu'il dédaignoit, et le magasin s'étant vuidé, cette tête, si pleine d'elle-

même, fut obligée, pour ne pas
exister sur rien, de s'asseoir sur les
épaules d'un bossu.

J'étois demeurée sur les lieux pour
attendre don Guéridonio de Paphlagonie, mon frere. Il m'aborda d'un
air triste, et je crus m'appercevoir
qu'il étoit boiteux. Ma sœur, me
dit-il, on m'a pris une de mes jambes, et voilà celle qu'on m'a laissée.
Or vous saurez, seigneur, que mon
frere avoit les jambes les mieux faites
qu'on eût vues, et qu'il s'en piquoit.
Celle qu'on lui avoit abandonnée à la
place de la sienne avoit la tournure
décidément cagneuse, et étoit de
quelques lignes trop courte. Il étoit
désespéré.

Il a vainement parcouru la contrée
pour trouver son voleur ; il exami-
noit les passants et s'est fait beaucoup
d'affaires. Vainqueur dans quelques

occasions, mais sans succès pour ses
recherches, il a été vaincu dans d'autres, et est demeuré borgne et man-
chot pour vouloir n'être plus cagneux.

Dégoûté des moyens violents, il a
eu recours à l'innocente supercherie
de la loi imposée à tous ceux qui
entrent dans ce château. S'il eût eu le
bonheur de retrouver sa jambe, un
magicien de ses amis s'étoit engagé à
remettre les choses en place sans que
personne en souffrît douleur ni dommage. Mais si la jambe que nous
cherchons ne se trouve pas à l'armée
des Francs, nous conservons bien peu
d'espoir. Vous y allez, seigneur : que
vous trouverez de têtes qui ne sont pas
faites pour être sur les épaules où on les
a placées ! cela saute aux yeux. Plût
au ciel que le défaut dont la décou-
verte nous intéresse fût aussi remar-
quable, et que vous pussiez nous en

apprendre des nouvelles! nous en conserverions une éternelle reconnoissance.

En terminant son récit, la dame engagea le paladin à passer dans l'appartement de don Guéridonio. Ce chevalier étoit prévenu, et vint les recevoir à l'entrée.

Il étoit vêtu à la grecque, ayant la robe retroussée par une agraffe d'or du côté de la jambe qu'il vouloit montrer. C'étoit un homme de quarante ans, d'une taille élevée, d'une physionomie plutôt triste que sérieuse ; un œil de verre, un bras en écharpe, et l'allure un peu déhanchée.

On servit un souper ; il faut croire qu'il étoit bon. On parla de l'Europe et de l'Asie, des affaires de la Palestine, du roi Philippe, des empereurs grecs, et de toutes les affaires du temps. L'heure de se coucher vint; on se sépara : Enguerrand alla prendre du repos, et son écuyer le suivit.

Dès qu'ils furent seuls, Barin prit la parole : Convenez, monsieur, que vous l'avez manqué belle. C'est ici un véritable château de coupe-jarrets. Un peu de gras de jambe de plus, vous rejoigniez le camp à cloche-pied.

Nous aurions vu, dit Enguerrand. Mais ne vous a-t-on pas proposé de vous déshabiller?

Non, monsieur : j'ai entendu les soubrettes rire ensemble : elles parloient de jambes subalternes ; on n'en vouloit, sans doute, qu'aux jambes de qualité.

La conversation ne fut pas plus longue. Enguerrand se coucha, se promettant bien de continuer sa route

16.

dès que le retour du soleil le lui per-
mettroit.

Il se tint parole : à peine l'aube
parut-elle sur l'horizon, qu'il sortit
du château ; et, pour se rendre avec
plus de promptitude devant Damas,
il s'engagea dans les plaines sablon-
neuses qui y conduisent, entre le
rivage de la mer et la cité d'An-
taure.

On étoit alors sous la constellation
de la canicule. La terre, échauffée
par les rayons du soleil qui dardoient
à-plomb, exhaloit des vapeurs enflam-
mées ; et rien ne pouvoit en tempérer
l'ardeur, car l'air n'étoit pas agité par
le plus léger souffle.

Cependant d'épais nuages ayant
dérobé pour quelque temps la vue
du flambeau céleste, Enguerrand,
pour respirer avec aisance et essuyer
la sueur qui lui baignoit le visage,

marchoit tête nue, et faisoit porter
son casque par son écuyer.

Le coursier, abandonné à son allure
naturelle, marchoit à pas lents, tandis qu'en proie à ses rêveries le paladin s'occupoit de ses disgraces amou-
reuses et poétiques, et du sort fatal
des amours d'Agnès et d'Ollivier.

Tout-à-coup les nuages s'écartent,
et laissent à l'astre du jour un intervalle à travers lequel il perce, et vient
frapper sur la tête désarmée du paladin.

Aussitôt le sang se raréfie, la peau
devient brûlante, les sueurs disparoissent, la douleur s'établit dans la
tête, l'engourdissement et la lan-
gueur suspendent l'action de tout le
mécanisme animal ; les esprits sont
en confusion, les liqueurs fermen-
tent ; les solides s'alterent ; la fievre
se déclare, s'allume, et menace les

organes de la vie d'un embrasement général.

Le paladin prend avec précipitation son casque des mains de son écuyer ; et, sentant qu'il ne sauroit soutenir plus long-temps les fatigues pénibles de la marche, il s'achemine avec peine vers quelques palmiers qu'il apperçoit dans le voisinage, et va se coucher à l'ombre, pour trouver dans les bras du repos un remede au mal dont il sent les douloureuses atteintes.

Le fidele Barin s'assied à côté de lui, la consternation peinte sur le visage : il voudroit lui procurer du soulagement ; il lui soutient la tête ; et, tandis que le maître s'abandonne à un sommeil laborieux et agité, l'écuyer cherche à le préserver de l'action de l'air, des rayons du soleil, et de l'incommodité des insectes.

Il n'y avoit pas un quart-d'heure qu'Enguerrand avoit fermé la paupiere ; tout-à-coup il se réveille , jette autour de soi des regards égarés. Barin , dit-il , qu'on me donne mon cheval. Voilà les harpies , le sabbat , tous les paysans du Limousin. Ils sont mille contre un, et le diable en est.

Eh ! non , non ; vous rêvez , mon cher maître ; il n'y a personne.

Va, va, je me moque d'eux : vois comme je vole ; je les défie bien de m'atteindre.... Mais, prends garde , je crois qu'une de mes ailes se détache.

Ne craignez rien , monsieur , elles tiennent bon ; ce sont vos bras.

Nous voilà dans un beau pays ; sans moi tu n'aurois pas vu tant de choses surprenantes.

Eh ! monsieur, où sont ces belles choses ?

Comment! tu ne vois pas ce lac? il est aussi grand qu'une mer.

Moi, monsieur! je ne vois pas de l'eau pour noyer une puce.

Il est vrai que cela ressemble à de l'eau, mais ce n'en est pas : ce ne sont que des vapeurs... Sais-tu le nom de ce lac? c'est le lac de l'Imagination. Ah! il y aura bien du travail de fait aujourd'hui ; la vague est forte, elle brise.

Et qu'est-ce que ce travail, monsieur, je vous prie?

Tu ne vois pas ces corps qui flottent? voilà un château, une mosquée, une forêt, une prairie; voilà des nymphes, des bergeres... Oh! en voilà de bien singulieres... Tiens, vois comme elles s'accrochent et se heurtent... Bon! elles se mêlent... Cela devient plaisant : voilà un monde qui s'est fourré dans la lune : voilà un centaure qui s'en va avec une tête de cigogne et une patte d'écrevisse.

Mon pauvre maître! quelle étrange vision vous avez là!

Je voudrois bien entasser tout cela dans ma tête.

Tout cela dans votre tête! juste ciel!

Je ne m'étonne pas si je souffre; ces maudites femmes ont pris mes jambes, je suis cagneux, Barin : je suis désespéré.

Eh! non, monsieur; tranquillisez-vous, on ne vous a rien pris. Vous n'êtes pas plus cagneux que moi; vous n'êtes qu'un peu cambré.

Tout m'accable à-la-fois : Fleur-de-Myrte a pris l'habit de cordeliere.

Et d'où savez-vous cela, monsieur?

Parbleu! je viens de la voir à la grille : et Ollivier s'est fait capucin.

Passe pour cela, monsieur : s'ils

sont bien appelés, ils sont heureux.

Ce sujet est trop touchant, Barin : je ne veux pas qu'on me le dérobe ; donne-moi mes tablettes... Non, non, je vais le dicter ; écris, et retiens bien l'air :

> La fille du comte de Tours,
> Hélas ! les maux d'enfant l'ont pris;
> Son pere, qui sait ses amours,
> Sa fu... sa fu... sa fureur ne peut retenir.

Retenir ! retenir ! Ah ! la mauvaise rime, Barin ! la détestable rime !

Eh ! monsieur, laissez une bonne fois les rimes pour ce qu'elles valent.

Qui ? moi ! que je laisse la rime ! tu ne me connois pas encore. Prose, vers, je veux tout faire ; je veux habiller le sentiment en antithese, la raison en préjugé, la nature en habitude, les problêmes en certitude, et la vérité en paradoxe.

Miséricorde ! quel galimatias !

Tais-toi, malheureux! tu m'as fait perdre ma transition.

Votre transition?

Non, je me trompe, je la tiens.

Eh! monsieur, vous allez la déchirer : c'est le collet de mon pourpoint. Ah! que maudits soient l'imagination, les vers et la prose! Laissez là toutes ces chimeres; elles vous feront mourir.

Le pauvre Barin avoit la larme à l'œil. Voilà, disoit-il, une fievre chaude bien caractérisée. Allons, je le vois un peu plus tranquille : dès que le soleil aura moins d'ardeur, nous gagnerons la premiere cabane; il faudra boire tiede et boire fréquemment. Nous serons bien heureux si nous en sommes quittes pour la peur que nous donne celle-ci; mais de celle de faire des vers nous n'en guérirons jamais.

CHANT XII.

Dès que Frédégilde fut instruite que Richard, mécontent de n'avoir point obtenu de satisfaction des excès auxquels Inare s'étoit porté, prétendoit s'en venger par la voie des armes, et se préparoit à faire une irruption dans la Touraine, elle dépêcha sur-le-champ un courier pour en porter la nouvelle à son époux.

Une dépêche artificieuse présentoit à Sigismond l'entreprise du duc de Bretagne comme un attentat que l'ambition avoit suggéré, et qu'il falloit repousser par la force. Le comte de Tours ne sauroit maîtriser sa colere : il veut fondre avec ses troupes sur le quartier du prince des.

Bretons, et se venger sur lui des torts imputés au duc Richard.

Le monarque des François, les pairs du royaume, les princes des différentes nations qui composent l'armée chrétienne, s'opposent à ces premiers mouvements d'un courroux aveugle : mais on ne peut condamner le motif qui engage Sigismond à précipiter son retour en Europe, quelque désavantage qui puisse en résulter pour la cause commune.

Sigismond ordonne à ses vaisseaux de se tenir prêts à mettre à la voile. Il fait défiler ses troupes ; il arrive au port de Joppé, il s'embarque, il appareille. Tandis qu'un vent favorable le pousse vers les rivages de la France, les Bretons, maîtres depuis long-temps des dehors de la ville de Tours, en pressent de plus en plus le siege, et sont déja sur les fossés.

On ne voit de toutes parts que des boyaux , des paralleles, des machines en batterie, des amas de fascines ; on n'entend que le fracas occasionné par l'effet des catapultes mêlé au bruit fréquent du pic , de la pelle, de la hache et du marteau.

Un môle d'une invention nouvelle s'éleve sur le revers des fossés de la ville , à l'opposite des murs dont il est parallele. Cet édifice est d'une structure si singuliere qu'il faut l'étudier pour le décrire.

Les assiégeants, maîtres du chemin couvert , prétendent entrer dans la ville sans faire la descente du fossé. Un pont placé sur le haut de l'édifice qu'ils ont construit , et qui doit s'abattre au moment destiné pour donner l'assaut, doit leur applanir les difficultés de l'entreprise.

Un degré vaste et commode , pra-

tiqué dans le flanc de la machine , les
conduira jusques sur la plate-forme
qui la couronne ; et leur colonne, qui
marchera serrée , doit se présenter à
l'attaque sur vingt de front.

On se doute bien que l'on mine et
que l'on contremine , que l'assiégé
fait tous ses efforts pour ruiner l'ouvrage et les travailleurs, que l'on met
de part et d'autre en usage toutes les
ressources de la tactique pour attaquer
et pour défendre ; mais, malgré les
efforts des Tourangeaux, les Bretons
ont conduit leur ouvrage à son entiere perfection.

Le signal est donné : le pont fatal
va s'abattre ; on entend déja le bruit
des manœuvres et des poulies, le cri
enroué des charnieres énormes qui
soutiennent et lient le monstrueux
ouvrage. Hélas ! peut-être dans un
instant la capitale de la Touraine ,

cette ville si florissante, ne sera plus qu'un spectacle d'horreur, que des mouceaux de cendres détrempées dans des ruisseaux de sang. Citoyens malheureux, peres infortunés, et sur-tout vous, vierges innocentes, que vous êtes à plaindre !

Cependant le comte de Tours avec sa flotte a pris terre aux côtes de Bretagne ; et, pour faire une diversion utile à ses intérêts et à sa vengeance, il a donné ordre au comte de Blois, qu'il a chargé du commandement de ses troupes, d'assiéger la ville de Vannes, tandis que lui-même, suivi d'une seule compagnie de cent hommes d'armes, voleroit au secours de la Touraine.

Le comte de Blois fait ses dispositions pour le siege dont l'entreprise lui est confiée ; et Sigismond, que rien n'a retardé dans sa marche précipitée, arrive en peu de temps à la vue des murs de la ville de Tours : mais un blocus en régle lui en interdit l'entrée, et lui laisse seulement démêler, du haut d'une colline sur laquelle il s'est arrêté, le danger affreux qui menace sa capitale.

Il voit cette énorme machine élevée sur le revers du fossé, et qui se joint au mur au moyen d'un pont que l'on vient d'abaisser : il voit les Bretons s'avancer sur ce pont en colonne étroite, mais redoutable, pour venir donner un assaut furieux.

Les Tourangeaux qui gardoient les murs s'ébranlent avant le choc, s'épouvantent, et cherchent à se retirer dans la citadelle.

Frédégilde effrayée, appréhendant de se voir forcer dans son dernier retranchement, fait enfin arborer l'étendard pour la capitulation.

Quel spectacle douloureux pour l'infortuné souverain ! Comment fera-t-il pour empêcher que sa ruine entiere ne se consomme ? Il veut engager la petite troupe qu'il commande à le suivre et à prendre un parti désespéré ; mais la consternation et le découragement sont peints dans les regards du peu de ses sujets qui l'environnent. Il leve les bras au ciel, qui semble sourd à ses prieres et à ses larmes.

Cependant un guerrier, armé de toutes pieces, paroît de loin sur la plaine. La course impétueuse de son cheval l'a conduit en un clin-d'œil vers les tranchées, qui ne peuvent l'arrêter, et qu'il franchit par des sauts vigoureux ; aucune devise ne le distingue, et n'annonce en faveur duquel des deux partis il porte les armes. Il arrive sur le chemin cou-

vert sans avoir inspiré de défiance,
sans avoir trouvé personne qui voulût
s'opposer au torrent rapide qui semble l'emporter. Il est enfin au pied
du môle élevé par le duc Richard.

Les premiers Bretons qu'il y rencontre s'écartent de son passage : une
erreur le favorise ; on présume que,
dépêché par des ordres supérieurs, il
apporte des avis importants à ceux
qui font le siege de la place. Il pé-
nètre enfin jusqu'à l'escalier, s'élance
sur les marches, qui, faites pour des
gens de pied, sembloient devoir être
impraticables pour un homme de
cheval.

Sur cette route extraordinaire, le
choc du poitrail du coursier, l'étonnement et la frayeur, lui ouvrent un
passage à travers et sur les corps
mêmes des Bretons renversés ; il est
sur la plate-forme avant qu'on ait

pénétré son dessein, ni même soup-
çonné qu'il pût l'avoir conçu.

La troupe qui marchoit en ordre de
bataille sur le pont s'arrête aux cris
de douleur et de surprise qu'on pous-
soit en-dedans de la tour, se retourne,
voit ce phénomene menaçant, et se
croit trahie par le ciel. Le désordre
s'empare des esprits, la consternation
glace les cœurs, tandis que le héros, démêlant le trouble dans lequel
il vient de plonger ses adversaires,
saisit le moment heureux, met la
bride sur l'arçon, brise sa lance, et,
les mains armées des deux tronçons
qu'il vient de faire, pousse son cheval au galop sur cette carriere tremblante, et fond sur l'ennemi avec
l'impétuosité d'un orage.

L'épouvante dont les Bretons sont
saisis ne leur permet pas de songer
à se défendre ; ils se jettent les uns

sur les autres : le coursier renverse tout ce qu'il trouve sur son passage, et les deux tronçons de la lance précipitent dans les fossés de la ville tous ceux qui se trouvent resserrés sur les bords du pont, qui ne sont point garnis de balustrades. En un moment la fleur des barons de Bretagne tombe comme si elle eût été moissonnée ; et le chevalier auteur de ce désastre est parvenu jusques sur les murs de la ville.

Les Tourangeaux surpris entre la frayeur et la joie, ne sachant point où doit s'arrêter le fléau destructeur qui semble marcher à eux, cherchent à l'éviter : mais, pénétrant le motif de leur crainte, le guerrier généreux modere sa course et désarme sa tête.

Ô ciel! à quels transports de joie ne s'abandonnent-ils point, lorsqu'au lieu d'appercevoir un objet capable

d'inspirer de la terreur, ils recon-
nurent ces traits si chéris d'eux, la
physionomie enfin de l'aimable Ollivier !

Les cris d'alégresse, les larmes de
joie, succéderent à l'incertitude et à
la crainte; la jeunesse accourt, les
femmes s'empressent, les vieillards
se hâtent; on se précipite à ses genoux, on les baigne de pleurs.

Non, jamais libérateur, jamais
monarque adoré de ses sujets, ne re-
çurent d'acclamations si flatteuses,
de témoignages de reconnoissance et
d'attachement plus attendrissants et
moins suspects. Mais Ollivier, se
maîtrisant lui-même au milieu des
transports de la joie commune : Citoyens, leur dit-il, réservez pour
Dieu des actions de grace que vous
ne devez qu'à lui seul, et profitez
du moment de stupidité et d'inaction

dans lesquelles votre ennemi demeure
plongé, pour consommer l'ouvrage
de votre délivrance : hâtez-vous ; que
le fer, que la flamme, délivrent
pour toujours vos murs de l'appareil
menaçant que l'on avoit élevé contre
eux. Si vous trouvez de la résistance,
je ne serai pas lent à voler à votre
secours.

Il dit : le peuple court aux armes ;
et bientôt le pont et le môle sur lequel il étoit appuyé deviennent la
proie des flammes. Les assiégeants ne
cherchent point à s'opposer à la des-
truction de leur machine ; confus, in-
timidés, ils ont abandonné leur camp
et leurs bagages, et cherchent leur
salut dans la fuite.

Cependant le héros, suivi de la
foule désarmée que le défaut de
courage, de force, d'expérience, rend
inutile aux combats, prenoit, au mi-

lieu des acclamations, le chemin de
la tour qui servoit de prison à la
tendre et malheureuse Agnès. Il arrive : à sa vue la garde se dissipe, le
concierge abandonne les clefs, les
portes s'ouvrent...

Non, je ne pourrai jamais peindre
l'entrevue des deux amants, les transports, les caresses, les pleurs, les
expressions enfin d'une passion si tendre, si vive, si forte, si long-temps
combattue, presque désespérée; et si
j'avois la force de rendre le tableau
dans toute son énergie, quel seroit le
cœur qui pourroit en soutenir l'effet?
quelqu'un auroit-il le regard assez
ferme pour l'envisager? Non, il n'y
auroit que des ames de bronze ou des
yeux privés pour toujours du précieux
don des larmes.

Venez, ma chere Agnès, venez,
disoit le trop heureux amant; vous

12

R.F.

Dessiné par Lefebvre.   Gravé par Godefroy.

n'avez plus rien à craindre, vous êtes
à moi par un don du ciel : venez ou-
blier dans les bras de votre époux l'infortune affreuse dans laquelle vous
plongea sa malheureuse imprudence.

Agnès, hors d'elle-même, le suit
en tremblant, et, s'appuyant sur lui,
s'élance sur la croupe du généreux
coursier : ils marchent...

Ils prenoient la route d'une des
principales portes de la ville. Le peuple inconsidéré, en les comblant de
bénédictions, se laissoit emporter à
son zele : C'est notre princesse, s'é-
crioit-il ; c'est notre libérateur : qu'ils
vivent ! qu'ils nous gouvernent ! et
périsse la fatale cause de tous nos
malheurs !

Ils étoient près de sortir de la ville
lorsque le comte de Tours, que l'on
venoit d'y introduire, vint à leur rencontre, suivi de peu des siens. Olli-

vier, qui le reconnoît, descend de
son coursier, va au-devant de son
souverain en mettant un genou en
terre. Je ne me flatterai pas, seigneur,
lui dit-il, d'en avoir fait assez pour
désarmer votre juste rigueur ; mais
vous respecterez, sans doute, dans
un sujet d'ailleurs coupable à vos
yeux, les décrets du ciel qui l'ont
choisi pour la délivrance de vos états ;
vous ne lui refuserez pas le salaire
qu'il emporte avec lui, et que les
mêmes décrets l'autorisent à préten-
dre de vous ; ce salaire pour lequel
il a cru pouvoir tout entreprendre. Je
ne vous en dirai pas davantage, sei-
gueur ; je sens qu'une union dispro-
portionnée pourroit exposer une fille
aux reproches de son pere et de son
souverain ; que je ne puis moi-même,
malgré quelques services, être à vos
yeux qu'un objet désagréable : je

pars, et vais dans la ville d'Édesse,
dont le bonheur, qui voulut favoriser
m'a témérité, m'a rendu souverain ;
je . . .

Seigneur, répondit Sigismond en
interrompant Ollivier, je vois combien le ciel vous favorise, et j'ouvre
les yeux sur le mérite qui vous rend
digne de la protection qu'il vous ac-
corde : nous ne traiterons désormais
que comme un pere avec son fils, ou
de souverain à souverain. Et si je ne
cherche pas à vous arrêter en Europe
et dans ma cour, ne pensez pas que
ce soit par un sentiment indigne de
vous et de moi ; je ne veux point pri-
ver les chrétiens de la Palestine de
leur plus ferme boulevard ; et puisque
mes disgraces personnelles m'ont contraint à abandonner nos freres à la
merci de tant de dangers qui les en-
veloppent de toutes parts, que puis-je

18.

desirer de mieux pour contribuer à
leur défense, que de me voir si di-
gnement remplacé par un héros que
j'appellerai désormais mon fils? En
prononçant ces mots, Sigismond donne
l'accollade à Ollivier ; puis s'appro-
chant d'Agnès, qui, tremblante et les
yeux baissés, n'osoit aller au-devant
de son pere, il la prend, la serre
tendrement entre ses bras, et l'embrasse. Il veut ensuite les forcer à
le suivre jusqu'au palais ; mais la
crainte de rencontrer les regards de
Frédégilde empêche les amants de
tourner leurs pas de ce côté.

Un autre mouvement bien plus fort
les appelle vers l'endroit où la petite
riviere du Cher va porter le tribut de
son onde à la Loire : c'est là que,
selon l'avis du sage anachorete, ils
doivent trouver le fruit de leur amour,
la premiere source de leur infortune,

maintenant l'objet de leur complaisance, le gage et le lien de leur ten-
dresse mutuelle. Ils sortent de la ville
et côtoient les bords. Mais que me
serviroit d'épuiser ma matiere ? Le
ciel, qui veut que rien ne manque au
bonheur du couple vertueux dont il
vient de couronner la constance, leur
est garant que leurs recherches ne
seront point vaines, et qu'étant au
comble de leurs vœux ils prendront
le chemin de la Palestine, suivis des
regrets, des larmes, des bénédictions
des peuples de la Touraine, qui
croient, en les voyant s'éloigner
d'eux, perdre leurs anges tutélaires.

Aimables époux, je ne vous suivrai
pas plus loin. J'ai raconté vos infor-
tunes, et leur terme étoit celui de ma
carriere. Trop heureux si j'ai fait
passer dans les cœurs la moindre partie de l'attendrissement qu'elles m'ont
inspiré !

Et vous qui paroissez m'écouter avec complaisance, ne me sachez pas mauvais gré si je ne vous décris point les noces d'un couple en faveur duquel je vous ai peut-être intéressé. J'ai dû penser à moi.

Devois-je m'exposer à ce que dans deux mille ans un critique de mauvaise humeur vînt me faire des reproches, et m'alléguer que Virgile, quoiqu'incomparablement plus riche que moi, n'a pas voulu marier Lavinie, et que je devois savoir que, dans l'Arioste, les connoisseurs ne s'étoient point divertis aux noces de Bradamante?

Il me sera peut-être plus difficile de me justifier auprès de vous sur d'autres points. Ollivier a dit à son beau-pere qu'il partoit pour le marquisat d'Édesse : où a-t-il pris ce marquisat ?

La précipitation m'a fait sauter un feuillet en parcourant ma chronique, et il faut que je revienne sur mes pas pour éclaircir ce point de notre histoire, et en déterminer l'époque.

Sigismond venoit d'être fait prisonnier dans Damas, et l'on étoit encore incertain qu'il pût se rétablir de ses blessures.

Il y avoit à Édesse un certain tyran fort cruel, dont le joug étoit si pesant, que ses peuples, pour obtenir des secours contre lui, envoyerent sourdement une députation à l'armée chrétienne.

Personne ne se présentant pour accueillir l'ambassade, Ollivier, qui ne cherchoit que des occasions périlleuses, saisit avidement celle qui s'offroit, et suivit les députés.

En quatre mots : Tyran occis, peuple délivré, ville pacifiée, mar-

quisat érigé en faveur du champion
auteur de toutes ces merveilles. Cette
affaire terminée , Ollivier établit une
bonne régence , et revole à Damas.

Voilà une affaire éclaircie : mais
vous demanderez compte de Fleur-
de-Myrte et d'Enguerrand. L'une
est demeurée au pouvoir du comte
d'Antioche ; j'ai laissé l'autre dans
le paroxysme d'une fievre ardente.
Il y a grande apparence que tous
deux s'en sont bien tirés ; qu'ils se
rejoignirent à quelque temps de là,
puisqu'on les a vus l'ornement de
la cour d'Édesse. Fleur-de-Myrte
y brilloit par les agréments de la
figure , la douceur et l'esprit. Enguerrand cultiva toujours les talents
qu'il avoit reçus du ciel. Il débuta
par l'epithalame d'Agnès et d'Ollivier ; son écuyer en leva les épaules : mais c'étoit chez l'un et l'autre

une vieille habitude ; on sait qu'on ne s'en corrige que difficilement.

Il peut encore vous rester des scrupules sur le compte de Frédégilde et de son fils ; peut-être le châtiment qu'ils ont éprouvé ne vous semble-t-il pas assez rigoureux.

Eh quoi! Frédégilde a vu le bonheur d'Ollivier et d'Agnès, et vous ne la croyez pas assez malheureuse? Ah! si vous pouviez lire dans le cœur de l'envieux, vous y verriez que les succès de ses rivaux sont mille fois plus désespérants pour lui que ne le furent les vautours acharnés sur Prométhée.

Je serois encore plus étonné qu'on se plaignît de la douceur du traitement fait à Inare.

Lorsqu'au cinquieme acte d'une tragédie un tyran bien odieux expire sous cent coups de poignards, un frémissement favorable se fait entendre,

et la satisfaction générale éclate par le
battement des pieds et des mains.
Que feroit-on si on le voyoit plonger
vivant dans le Ténare?

Mais il me reste des guerres à ter-
miner. J'ai laissé le comte de Blois
faisant le siege de Vannes... Est-il
si difficile d'imaginer une négociation
et un traité?

Et du siege de Damas, qu'en fe-
rons-nous? Qui se chargera d'éteindre
le feu dont j'ai embrasé la Syrie?

Pharphar, et vous, Abana, ruisseaux transparens et frais qui bai-
gnez les murs d'une ville célebre devenue le théâtre de tant d'exploits,
je n'ai que trop ensanglanté le crystal
de vos ondes; et si je viens à le troubler désormais, ce sera pour le tein-
dre du pourpre des fleurs qui servent
d'ornemens à vos rivages.

Chante qui voudra désormais les

exploits guerriers ; j'aspire à m'entre-
tenir dans de plus douces rêveries ,
et ne veux m'occuper que d'objets
dont la vue éloigne pour toujours de
mon ame l'agitation , le trouble , le
désordre et la crainte.

Je cherche des points de vue agréables, des paysages riants, où tout
respire la simplicité, le calme, l'en-
jouement et la fraîcheur.

Il me faut des actions simples,
des personnages naïfs, de l'intérêt
sans complication, de la vérité, de la
chaleur, de la gaieté sans grimace et
sans effronterie. Ô beautés de la nature, qui seules avez le droit de toucher le cœur, heureux qui pourroit
vous saisir et vous peindre ! Plus
heureux encore celui qui sauroit en
jouir !

2.

www.ingramcontent.com/pod-product-compliance
Lightning Source LLC
Chambersburg PA
CBHW051523050726
47503CB00014B/1305

* 9 7 8 2 0 1 3 7 2 6 5 9 7 *